铁水奔流

周立波 著

作家出版社

铁水

1951年至1954年间，周立波三次深入首钢体验生活，创作了中国当代工业题材长篇小说的开山之作《铁水奔流》。

小说讲述了全国解放初期，华北地区一个钢铁厂的工人在党组织和军管会领导下斗垮了汉奸特务工头，修复高炉恢复生产的故事。小说将解放战争、工业建设、人民改造、对特务分子的斗争等内容联系在一起，表现了解放初期社会形势的复杂性，再现了当时的生产、生活状态。

周立波

（1908－1979）

湖南益阳人。1934年参加左联，曾任八路军前线司令部和晋察冀边区战地记者，延安鲁艺教师，湖南省文联主席，湖南省作协主席等。著有长篇小说《暴风骤雨》《铁水奔流》《山乡巨变》，短篇小说集《铁门里》《山那边人家》，报告文学集《战场三记》《南下记》，译著《被开垦的处女地》（第一部）等。

奔流

一

战争正在进行着。

骆驼山上，火烟翻滚。工厂东南，二十几门各种口径的大炮正对着山上不停地轰击，爆响如雷，山摇地动，浓黑的硝烟飘浮在山顶，通红的火焰冲上了天空。山上的铁旗杆子打断了，褪了色的青天白日旗像一片败叶，在风里飘落。碉堡着火了，小钢炮和机关枪都不吭声了。蒋匪官兵慌慌张张跑出来，在山上乱窜。紧跟着，一颗炮弹打中了他们，匪徒们有的倒了，有的连人带枪往山下直滚。山脚下，钢铁厂的工人纷纷拥出了车间，三个一伙，五个一堆，站在广场上和马路上。子弹流子叽叽地从头顶擦过，有好几颗落在他们的跟前，弹着点崩起的雪花和尘土扑上了裤腿，但他们都不害怕，也不躲闪。这些满手油泥、衣裳破烂的工人完全忘了身边的危险，只顾望着山上着火的碉堡，大家称心趁愿，拍手欢呼，并且按着各人不同的脾气，使唤自己惯用的字眼，七嘴八舌地发表各式各样的评论：

“打得多棒。”

“叫他们尝尝铁蛋。”

“送上这些铁干粮，叫他们吃了一辈子也不饿。”

“蒋该死算是恶贯满盈了。”

“再下山来‘借’手表，‘借’金镏子吧，狼心兔胆的家伙。”

“一炮就把铁旗杆子打折了。”

“大王八窝也毁了。”

“这后一炮也不算赖，干掉不少。”

两个山峰上的两个碉堡都垮了，蒋匪官兵死的死，滚的滚，逃的逃，跑的跑。一会儿，骆驼山上只剩两个碉堡空架子还在冒烟。工人们都转过身子，往东南探望，好奇地想发现炮兵阵地。烟囱、楼房和榆柳行子遮住了大家的视线。炮声停止了，只有步枪和机枪还在山前山后，厂里厂外，起起落落地发出连放和点射的爆响。

战事发生在一九四八年十一月中旬的一个早上。冷风吹木人的脸，雪花漫天地飘卷。钢铁厂的循环水池早结了冰，冰上落了一层雪。十四日深夜，中国人民解放军一部的先头部队派遣了九个战士从正南插进碉堡重重的工厂区。厂里厂外，谣言纷起：有说要打的，有说要和的，也有人说打了再讲和，还有人说和了还得打。国民党驻军登时乱套了。匪徒们动手“借”东西，用普通的话来说，就是抢劫。山下村和池边村的宿舍里发出了锅碗砸破，玻璃打碎的脆响，还夹杂着女人的哭泣和孩子的叫闹。有个高高大大的，军官模样的家伙，把美国式的大檐帽推到后脑瓜子上，露出冒汗的前额和蓬松的头发，从山下村一家人家的后门，急忙走出来，把手里的左轮手枪插进腰上的皮套里，把他“借”来的第九只手表，扣在左腕上。

瞧着这乱马人哗的样子，人们都粗声地叹气，低声地咒骂。

凭着战争时世的多次的经验，大家也知道：兔崽子们狠狠捞一把，是在准备逃跑了。他们的确想逃跑，但一打听，解放军只来了几个，就又稳住了。驻厂的匪军头儿立即下一道命令："固守工厂，以待援兵。"骆驼山顶，石头山上和大水池子东边的碉堡，也都重新分兵去把守，用机枪小炮控制着全厂。伪厂警队也活动起来了。他们的棉袄袖子上的白臂箍，写着两个字："护厂"。工厂的东门和西门都有人守卫。厂里厂外，断绝了交通，工厂里的工人不准回家，宿舍里的工人不能进厂。

整个工厂是一片混乱、荒凉和漆黑。所有车间停工了，焦炉熄火了，烟囱不冒烟，送风机和回水泵早销声没息，三百来个大大小小的电滚子[①]停止了运转，机车瘫在铁轨上，渣车横在三岔口。赶到天黑，电灯全灭了，又下起雪来，这里那里，在伪厂警队打出来的电棒的强烈的闪光里，人们看见小朵的雪花，一阵紧一阵地飘落着，地面铺白了，树枝都变成了银枝。留在厂里的工人挤进地沟和防空洞里，去躲避风雪，顺便找个打盹的地方。煤渣路上，工厂门边，常常听到伪厂警们的一声两声装做威威势势的，却是嘶哑的吆喝：

"口令，干什么的？"

厂里厂外，远远近近，夹杂在狗叫声里，驴鸣声里，也传来了稀稀落落的枪声。

十五日拂晓，一个伪厂警队员，肩上挂条枪，威风抖抖，走到地沟边，弯下腰去，对下面的工人们发表谈话道：

"八路军消灭光了，快干活去，谁不去，就枪毙。"

话没有落音，大炮响了。他们的炮队早已撤退，他听了一

---

① 马达。

下，觉得不对劲，正扭头要颠，地沟和防空洞里的工人蜂拥出来了。为首一个浓眉大眼的工人，头戴一顶破毡帽，身穿一件补丁摞补丁的浑身油泥的青土布棉袄，脖子上围一条黑脏的白毛巾，腰上扎一根草绳，听到炮声，他大步流星地赶上伪厂警，拦住他问道：

“八路军不是消灭光了吗？这是谁的炮？说呀。”

伪厂警瞪着眼睛，威胁地反问他道：

“你叫什么名字？”

腰上扎着草绳的工人左手叉腰，往前迈上一步说：

“我姓李，名大贵，你要怎样？”

伪厂警没有来得及回嘴，人群里先后扔出三块耐火砖，有一块差点打在他头上。正在这时，骆驼山上的碉堡，被炮轰穿了，枪声越来越稠密，他慌了手脚，趁大家往山上看时，他挤进人堆，悄悄溜走了。

骆驼山上的碉堡摧毁了，工人们都扭转头来，朝东南探望，好奇地想发现炮兵阵地，李大贵望着东面，忽然叫道：

“来了。”

大家都朝东望去。通往工厂小东门的煤渣大路上，出现三个人，身穿草绿色军装，手提卡宾枪，头戴白兔皮帽子，在漫天飘舞的灰蒙蒙的雪花里，嘴里冒出一团团的白雾，急奔过来。李大贵拍手欢叫道：

“解放军来了。”

旁边一个职员模样的人问道：

“你怎么知道？”

“你瞧，都没有帽花，解放军是不戴帽花的。”

职员模样的人又问道：

“你怎么知道？”

李大贵没有回答，眼睛只顾看前面，三个解放军战士越跑越近了，他已经能清晰地看见他们脸上冒着热腾腾的汗气，胡子上、眉毛上都挂着细小的、闪亮的霜花。三个人跑到发电所的灰砖墙根下，工人们奔跑过来，为首一位高个子战士，两手握住枪，警惕地问道：

“你们都是本厂工友吗？”

工人们都站住了。他们是头一回看见自己的军队，想亲近，又不敢放肆，都老远站着，看见战士提着卡宾枪，腰上佩着手榴弹，雄赳赳的模样，又听见他们这样地发问，连李大贵也一时怯住，没有作声，后面有些人想趁势溜了。为首的高个子战士好像猜出了大家的心理，笑着说道：

“大伙别怕，别怕，咱们是毛主席的队伍，是来保护工厂的。”

李大贵挤到前头来，大胆地说道：

“不怕，不怕。我明白，你们就是解放军。”

高个子战士用衣袖擦干额上的雪水和汗珠，上下打量这位浓眉大眼、身板壮实的小伙子，看见他头戴破毡帽，身穿补丁摞补丁的青棉袄，腰上扎一根草绳，衣上脸上，尽是油泥，十指都是粗粗大大的，知道这是一个正经干活的工人，就移近一步，亲热地笑道：

“这位工友，你怎么知道咱们就是解放军？”

李大贵忙说：

“您不戴帽花，也不熊人。要是国民党那帮兔崽子，到咱们跟前，早骂开了：‘滚开，滚开。’你们毁了王八窝，叫他们都滚下山了，骂人滚蛋的，自己滚蛋了，这叫做现世现报。”

李大贵啰啰嗦嗦说上一大篇，战士们笑了，工人们也都笑着靠拢来，把三位战士紧紧地围在中间，几个人同时掏出烟卷，同时伸给客人们。战士们委婉地笑着拒绝了。为首的高个子战士从衣兜里掏出了烟包和木头烟斗。他往烟锅里塞满黄烟，跟工人对了一个火，吧嗒吧嗒，就抽开了。青年工人们拥到战士们跟前，愉快地、羡慕地瞅着他们胸前佩戴的各种颜色、各种金属的纪念章。一个小伙子指着一个铜质头像问：

“这是谁？”

嘴里衔着烟斗的高个子战士，脸上发出愉快的、荣耀的神采，笑着回道：

“毛主席。”

听到这话，大家越发挤上来，把战士围得更紧，他们争着要看早已听到的毛主席。

雪还飘落着，浓密的纯净的干雪，扑在战士们的脸庞上，化作雪水，顺脸颊淌下。高个子战士抽完一斗烟，把烟锅在枪柄上轻轻敲了敲，随后又放在嘴里，吹了吹，重新揣进衣兜里。他抬起右手，又用衣袖擦擦脸，正要走开，工厂北面，枪声又起了。战士们机警地挤出人群，离开发电所，走到第一高炉下面的地沟边，横着枪，问工人道：

“这里头有敌人吗？”

跟在他们背后的李大贵回答：

“没有。都爬进王八窝去了。”他说着，抬手指指水池的东面。

高个子战士望着他指点的方向，远远看见水池的东面，一个小小土坡上，有一座红砖的圆形碉堡，碉堡上满是黑洞洞的枪眼。靠近碉堡，是机器房和变电所，还有送风室和水泵房，工人们说：“都是工厂的要害。”高个子战士心里盘算：要是联络炮兵，用大炮轰击，这座小碉堡只消几下就得了，就怕打坏了要紧的机器和设备。他跟两位战友离开工人们，一起跑到机器房背后，蹲在墙脚下，合计了一会儿，三个人下定了决心，就站起身来，机敏地从房屋、墙壁、倒渣车和废铁堆的后面，绕到碉堡的东北。三分钟后，他们出现在铁路旁边一块开阔地面上，离碉堡约莫还有四十米。工人们的眼睛都跟着他们移动。勇士们一手拿着揭了盖子的木柄手榴弹，一手提着卡宾枪，翻穿着大衣，扑在雪地上，侧着身子，用胳膊肘撑在地面上，敏捷地往碉堡的紧跟前爬去。

碉堡里没有动静。敌人好像没有发觉进逼的战士。在他们接近土坡，抬起身子的瞬间，枪眼里冷丁吐出两条通红的火舌，机枪子弹像一阵骤雨，蒙头盖脑撒过来，里边还夹杂着步枪的射击。高个子战士胳膊一伸，仰脸倒下了。他的两位战友慌忙爬过来，把他移到近边土坑里。一个战士扶起他的头，把自己的脸贴在他的鼻子上。鼻孔里只有微弱的几乎感觉不到的出气了。另一个战士双手捏着他胳膊，颤声地叫道：“班长，班长，赵班长。”没有答应，不再动弹，呼吸也停了。一个战士从衣兜里掏出一块擦枪的红绸子，轻轻地、庄重地盖在闭了眼皮的他们的亲爱的战友的脸上。两个人握着枪，低着头，不说一句话，悲伤呛住了他们。他们的眼睛潮湿了。但在火线上，哀悼只能是很短促的。枪子纷纷落在两人的周围，敌人在跟前，复仇的怒焰烧干了悲怆的泪水，两人眼睛都红了，彼此看一眼，就一声不响，好像两只狂怒的猛虎一样，跳出土坑，蹦上土坡，冒着子弹的急雨，一下子扑到了碉堡墙边的死角，把手榴弹塞进了枪眼。工人们听见一声巨响，接着又一声，碉堡里的机枪和步枪立刻都成哑巴了，残匪在里边失魂落魄地叫唤：

“咱们投降呵，别打了。”

接着，从碉堡的机关枪眼里伸出了一块挂在枪尖上的白绸子手帕，迎着寒风，哀求似的，不停地飘动。

枪声还没有停住，工人就从四面八方拥到土坑边，围着高个子战士。他躺在积雪的土坑里，盖着红绸的头脸冲着灰蒙蒙的飘雪的天空，两只手还紧紧地抓住手榴弹和卡宾枪。李大贵和另外三个工人跳下土坑，把烈士的遗体抬上来，轻轻放在雪地上。李大贵蹲下身子，摸摸他胸脯，寻找他的枪伤，发现他胸口中了三弹，致命的一颗穿透了心房。李大贵又揭开红绸子，摸摸他脸额，已经冰凉了。他凄惶地站起身来，静穆地摘下毡帽，工人们也都跟着脱下了帽子。李大贵寻思：“一刻钟以前，他还跟大家在一起谈笑，抽烟，用衣袖擦他脸上的汗珠和雪水，现在，为着保护工厂的要害，他躺下了，永远躺下了。”雪还在飘卷，小朵小朵的雪花落在象牙似的年轻的脸上，不再融化了。不大一会儿，纯净的、洁白的干雪盖住了他的结实的身体和端正的脸庞。

大队的攻击部队到来时，战斗已经结束了。俘虏押走后，工人们还是不散。李大贵和几个青年帮助战士们张罗烈士的后事。一口杨木棺材抬来了。烈士成殓时，钢铁厂木瓦工场的老瓦工邹云山，从新镇买来一大沓黄纸，在灵前烧化。

李大贵说道：

“烧这干吗？他们不信这。把他葬在工厂的近边，给他立个碑，倒是正经。”

邹云山忙说：

“你这主意好，快跟他们说。”

李大贵找着英雄连队的指导员，把他的意见说了。指导员同意，并且感谢他。

工人和战士把灵柩送到工厂北边的松树林子里。大伙动手挖土坑，修墓地。洋镐和铁铲，碰着冻硬的土地，发出深沉的声响。指导员坐在一株倒了的、盖着一溜积雪的松树上，从衣兜里掏出铅笔和本子，写了下面这碑文：

“人民解放军英雄班长共产党员赵五孩之墓。”

写完以后，指导员用手背擦擦潮湿的眼窝，把这一页从本子上扯下，交给李大贵。他又呵着冻僵的手指，握住笔，在小本子上记下烈士阵亡的日期和地点，并且简要地记述他牺牲前后的情景和墓地松林的方位，准备汇报上级，通知烈属。

新坟筑成了，大伙离开时，邹云山眼瞅着坟堆，激动地、小声地叮咛：

“好好待着吧，同志，赶清明再来看您，给您烧纸。”

说话的口气，好像坟里的人还活着一样。大家没有再作声，慢慢地移着沉重的脚步，离开了松林，就都走散了。雪还没有停，天头早黑了。远远传来轰隆的炮响，石头山上也还有枪声。工人们有些家去，有些在工厂周围，好奇地、没有目的地到处溜达着。李大贵把指导员托付给他的字条小心揣在衣兜里，准备找石匠刻碑。在回家的路上，他脑子里总是闪现着赵五孩的象牙似的端正的脸庞。心里老念着：

“真是好样的，真是好汉。”

李大贵的老家，河北容城，离老解放区不远，一九三八年春天，他的大哥李大富离开家乡，参加了八路军。因为这样，李大贵对于解放区跟解放军早就格外地关心。

他听到过解放军的许多故事，但光是听说，没有见过，这回亲眼看到了。他寻思道：“人家都那样勇敢，一个个跟猛虎一样。”溜达一阵，十二点过了，他想家去，又觉着家里太窄小、太憋闷。到了银顶街门口，他又拐回来，往工厂走去。小东门口，一大帮工人正在议论着什么。有人叫嚷道：

“说话就拿石头山了。”

石头山上的碉堡给炮轰平了，蒋匪残兵还在石崖背后、杂树丛里，往山下放枪。

远远看去，黑糊糊的山顶和山腰，正不停地冒出星星点点的晃眼的闪光。李大贵看了一会儿，又盘算了一阵，想出了一个主意。他家也不回，迈开大步，急急忙忙往石头山赶去。

二

越近石头山，枪声越紧密。子弹流子在李大贵的头顶和身边叽叽地飞掠，有三颗光顾了他的破破烂烂的棉袄，但他还是往前走。通过了三道哨岗的盘诘，又越过了一道鹿寨，他寻到了山下村的一个水泥防空洞跟前。

洞口站岗的战士提着枪，警惕地问道：

“谁？口令！”

李大贵听到喝问，一点儿也不慌张，随口答应道：

“本厂工人，要见指挥官。”把话说完，他就一直往里走，像熟人一样。

战士横着枪，拦住他说道：

“不行，老乡，你不能进去。”

李大贵诧异地反问：

“我不能进去？我问你，这是不是老八路？”

战士还是用枪挡住道：

“是老八路怎么样？你现在可不能进去，首长正忙着。”

一个要进去，一个不让进，正在吵嚷，里面有人说话了：

“谁呀？工人吗？叫他进来嘛。”

战士只得让开路，李大贵弯着腰，进了防空洞。在昏黄的、摇摇晃晃的洋烛微光里，他看见洞里有好些个人。洞的当中一张长方小桌边，坐着三位，正商量什么。靠里边的一位留着漆黑的连鬓胡子的军人抬起他的闪闪发亮的眼睛来，上上下下打量他一会儿，才道：

“老乡请坐吧，贵姓？”

“我免贵姓李，名叫李大贵。”

连鬓胡子又问道：

“找我们有什么事吗？”

李大贵坐下，接过递来的烟卷，一边把烟头在左手背上不住地顿着，一边说道：

“工人都盼你们早点拿下石头山。”

连鬓胡子站起来，一边划着洋火给李大贵点烟，一边推心置腹地说道：

“我们也想快点解决，就是这山有点不好拿，光溜溜的，没有一点儿掩蔽的地方。”他看一看李大贵，用亲切的、试探的口气问道，“老乡，依你说，该怎么办？”

李大贵抽一口烟，从容说道：

“我看，前山太陡，兔崽子们又提防得紧，你们上去，要吃亏的。后山有一条小路，隐在树丛子里，不大好上，他们不一定防备……”

李大贵的话还没有说完，连鬓胡子王志仁团长笑着走过来，挨近他身边坐下，另外两个军人也把凳子移过来，在摇晃不定的洋烛微光下，四人密谈着。王团长仔细询问路径的曲折，山崖的坡度。连一个坑，一个洼，一棵树木和一块石头，都盘根究底，问得一清二楚。随后，他跟大家合计一会儿，自己又沉思一阵，才抬起头来，果决地说道：

“就这样吧。张参谋，快打电话给二科长，叫他派个侦察员，带领这老乡，到三营去，再打个电话给三营长，叫他派个连，跟他们去袭击后山，去 × 他蒋介石的老……”他差点带出一句粗话来。

年轻、灵活、服装整洁的张参谋，在王团长跟前取着立正的姿势，听完命令，转身要走，王团长又叫他回来：

“喂，等一等。叫炮兵营请出我们那几位老爷，对准山上，狠狠地揍他一阵，到时候，叫步兵往前山发动佯攻，配合后山的行动。好吧，就是这样。”

张参谋才放下话机，一位粗短结实的汉子大步迈进防空洞，连鬓胡子笑着招呼他：

“又是你去吗，老油子？”

进来的男子竭力忍住笑，恭恭敬敬地说：

“是，团长，我比他们好像要机灵一点儿。”

李大贵从旁边打量这个粗短的汉子，只见他头戴一顶棕色新毡帽，身穿一件大襟青棉袄，裤腿下缘扎着青缎子的扎腿带，样子像个小商人。

王团长笑道：

“别吹了吧。”李大贵从这位团长温和的口气里看出他是喜欢这人的。只听他又道：“你带领老乡，到三营去，再从那里带个连去奔袭后山。是光荣的任务呵，只许成功，知道吗？不成功，就不必来见我了。来吧，咱们对对表，现在是八点钟还差五分。九点整，你们必须到达后山脚，那时我们这边就请老爷们发言，配合你们的行动。好了，就是这样，去吧。老乡。”他扭头又对李大贵笑道：“今儿晚上，得辛苦你了。我看你这一条黄金腰带该换一换了，你说怎么样？”他的闪闪发亮的眼光落在李大贵的束在腰间的金黄色的草索子上面。

“用我这条。”站在旁边的警卫员连忙解下腰上的皮带，递给李大贵。李大贵没有推辞，就换上了。

在路上，李大贵对侦察员赞道：

“你们团长多帅呀！”

侦察员说道：

“部队里锻炼出来的，他原先也是个老粗，跟咱们一样，斗大的字，认不到一石。现在呢，上上下下，谁都说他行。”

“我有一点不懂。”

“什么不懂？”

“团长说的‘老爷’是什么人呀？”

侦察员笑了，随即解释道：

“咱们原先没有炮。大炮这玩意儿，嗓门粗，架子也不小，赶路要马拉，行动要人抬，咱们都叫它做‘老爷’。”

两个人在星星的微弱的光辉里，一边踏着积雪往前走，一边闲聊着，不知不觉来到了三营。战士们已经集合，正在使劲地擦枪，焦躁地等候他们。

侦察员跟营长细细规划了一阵，大家就出发。李大贵跟侦察员在前头引路。赶到后山的脚下，时候正是晚上九点差十分。在原地休息了一会儿，前山大炮就响了，大家悄声没息地，一个紧跟着一个，往山上爬去。山路很窄，又很陡，到处是松脆的干雪和滑溜的冰块。李大贵两手攀着崖石缝里的枯藤，脚板抵住一块一块石头，吃劲而又担心地爬着。才到半山，炮声停了。在寂静的深夜里，他们能清楚听见山下的狗咬。忽然，被人踢起的一块石头，一路哗啦啦地往山下直滚，惊动了山上的敌人，几个声音同声喝问道：

“什么人？”

紧跟着，一阵机枪盖下来，李大贵慌忙蹲在一块大石头后边，不敢动弹。侦察员伏在地上，镇定地辨别山上的枪声。过了一会儿，他小声地跟李大贵说道：

“盲目射击，不碍事，跟我来！”说罢，他一手提枪，一手攀着崖石和树干，一股劲地往上爬。连长和李大贵一起，紧跟着跃进。

不大一会儿，他们突破了山上的一道鹿寨、两道电网，迅速地在山头出现。

听见山上的枪声，王团长、团政委和参谋长都跑了出来，站在防空洞门口，望着火光闪亮、喊杀连声的山头。爆炸的巨响，一声接一声，震荡着深夜寂静的空间。王团长笑道：

“手榴弹，是我们的。”

冲锋号响了，一百多人的声音连成一片，叫喊道：

“冲呀，共产党员，带头冲呀！”

一阵急骤的、暴烈的枪声和爆炸声以后，山上烟消火灭了。战斗终止了。骆驼山区的战事全部结束了。

回到指挥所，王团长打电话给师部告捷，师长在电话里通知，指定他这个团驻守骆驼山，在这里进行休整。他放了话机，吆喝着政委和参谋长，走到洋灰墙壁的跟前，拧开电棒，一个雪亮的光圈在五万分之一的地图上有时移动，有时静止。他们正在细心研究这新的驻地——骆驼山区的地势。

友邻部队的攻势扩展到了八宝山一带，快近城根了。

李大贵想要帮助解放军打扫战场，战士们都劝他回家去休息。经历了这一阵风暴，他也实在太累了，就辞别了部队，下山往回走。从十四日的晚上起，一直到现在，两天两宿都没有合眼，他激动、紧张，心里又感到说不出来地痛快。上山的时候，他摔了七八跤，两手给狼牙刺和铁蒺藜挂破了五块，他用嘴巴噙着伤口，吸干流出来的血，倒是不觉得痛楚，只是累得慌。他踩着路上的干雪，朝银顶街摇摇晃晃地走去。

走到银顶街门口，李大贵迎面碰到一个人，把他拦住，问他哪里来。这人头戴一顶帽檐耷拉着的旧呢帽，身穿一套旧的斜纹布棉衣和棉裤，脚上穿双后跟磨歪了的破皮鞋。朦胧的月光里，李大贵认出，这是他的金兰朋友张万财。他把带路的经过，一五一十都说了。张万财摇一摇头，说他太冒失。

两个朋友站在清冷的街口，低低地谈着。枪声已经遥远而稀疏。月亮映出的路边槐树的秃枝的交叉阴影，在他们身上不停地摇摆。张万财个儿不高，三十五六岁光景，宽宽的额头下面是两撇短短的眉毛，一双细长的眼睛。他平常不大作声。人家说：他的心眼儿倒是不少。李大贵才二十七岁，身材魁梧，肩阔腰圆，浓黑的眉毛下边是一双大大的眼睛，鼻子也不小。他性情豪爽，心直口快，人家说：他像一个直炮筒。两个人性格不一样，而且，张万财是修理部的翻砂匠，李大贵是动力部的钳工，“隔行如隔山”，他们怎么成了朋友呢？这里面有一个缘由。

工人最难忘记的吃混合面的那年，张万财在厂里干活，喝了脏凉水，回家得了伤寒病，一躺两个月。张大嫂不敢声张，怕鬼子知道，把他当虎列拉患者，拖到白灰坑活埋。那时候，被他们活埋的工人，差不多天天都有。

男人病倒了，一家要吃饭，张大嫂又急又愁。亲戚街坊，不是不肯借，就是同样穷。她有三天没有米下锅，两个小子饿得吱吱哇哇尽叫喊。张大嫂头昏眼花，瘫软地坐在炕沿，望着炕上张万财烧得通红的脸颊，把哭着的小小子扯到怀里，“都活不了啦！”她心里想着，眼泪像断线的珍珠似的，一股劲地往下掉。正在这时候，李大贵来了，像一阵春风，给他们带来了生机。他送来一笸箩粮食，这是他从家里现吃的混合面和高粱米里匀出来的，每样十斤。他把笸箩放在桌子上，走到炕沿，用手摸摸张万财的发烫的前额，失声叫道：“了不得。”慌忙跑到新镇去替他找了个大夫。

张万财刚能起床，就到李家去道谢。他一进窑门，看见李二嫂穿着露肉的衣裳在烧饭；他也看见，他们的饭，就是半锅水里漂的几颗黄米花。看了这光景，又想起了李大贵送米给他家的事，翻砂匠低下头来，连忙走了。他怕他们看见他的感激的眼泪。

从那以后，张万财跟李大贵成了好朋友，他们又吆喝十五个技术高的老师傅，连他们自己一共十七个，换了帖子，结拜成兄弟。凭技术，他们把持了几个车间。由于这样，伪工会主任胡殿文虽然影影绰绰知道李大贵有位哥哥在解放军里，暂时却还没敢整他。

解放军到来那天，李大贵跟伪厂警吵架，从人丛里忽然飞出的三块耐火砖，有一块是张万财扔的。

现在，两个朋友站在银顶街门口，谈着工厂和战事。张万财的眼光落在李大贵的腰间皮带上，好奇地问道：

“解放军送的？”

李大贵点一点头，张万财看看四围的动静，靠拢李大贵一步，悄声问道：

“怎么样，大哥有信吗？”

李大贵摇摇头道：

“没有。”

张万财把嘴巴凑到李大贵耳边轻轻地嘱咐：

“得加小心，人家忘不了你的。”

“谁？”

张万财的嗓门压得更低些，说：

“胡殿文那小子，他心里不会没有你，你得留神呵，这些天，兵荒马乱的，你顶好躲开一下。”

李大贵笑出声来道：

“不必。”嘴里这样说，心里却想起了胡殿文那肥头大脸的家伙，平日总是三天两头闯进他窑里，怀里揣个勃朗宁，脸上挂着笑，神神鬼鬼地问道：“怎么样，哥哥有信吗？八路军打到哪里了？不知道？老弟，你不必瞒我。说实话，我这颗心跟你的一样，也是盼星星、盼月亮似的盼他们来呀，这世道真他妈的太不像话了。”这样套他的口风。李大贵当时总是斜眼看着他，心里又硌硬，又愤恨，还有点担心，那家伙怀里揣的勃朗宁，随时能掏出来的，他的背后，还有个便衣跟着。现在，李大贵的担心早已过去了，心里还隐隐地埋藏着报复的快意，他笑嘻嘻地回答张万财：

“现在还怕他什么？这一回，他小子算是完了。”

张万财摇一摇头说：

“不见得，别高兴早了。”

深夜的寂静里，远远传来一阵脚步声，张万财故意提高嗓门问：

“怎么样，去凑一桌好不好？”

要是在平常，下班以后，只要有一个说一声走，另一个就会同意，就会胳膊挽胳膊，到新镇去寻牌觅赌。高升隆酒店是他们常常走动的地方。现在，李大贵可没有这种心情。狼牙刺和铁蒺藜挂破的手背还在流血；山上猛烈的战斗还在眼前；赵五孩的魁伟、端正的遗体好像还躺在积雪的地面，小朵的雪花无声地落在他的脸庞上和前额上，不再融化了，手里却还紧紧握着卡宾枪。想起这些，李大贵没有心思再去打麻将，就坚决地拒绝：

“不去了，你瞧什么时候了？又还在打仗。”

“打到八宝山去了，没有咱们这儿的事了。”张万财一边说，一边挽着他的朋友的胳膊往前走。李大贵挣脱身子，正经地说道：

“十二点过了，明天见吧。”

张万财看见李大贵跟平日不大一样，让他走了。望着逐渐隐没在朦胧的远处的背影，他诧异而又惋惜地摇一摇头，一个人上新镇去了。

一进银顶街，李大贵看见许许多多解放军战士，抱着枪，横倒竖卧地歪在人家房檐下。他的砖窑门口也躺着两位，身上盖着一层雪，都呼噜呼噜地睡了。他连忙蹲下身子，摇醒这两位，连拖带拉地把他们请进了砖窑。

李大贵的家是日本鬼子烧过砖瓦的一座废窑。在这儿，这同样的破窑一字儿排列着二十九孔。国民党反动派劫收了工厂，用废窑做了工人的宿舍。窑外是一大片积雪迷茫的荒地。窑身又低又窄，人站在里面，伸手往上面一探，就触到窑顶。两壁有好几道裂缝，左边靠里，还有一个火烟熏黑的烟道。下雨天，雨水从烟道和裂缝里直淌下来。满窑漏得像筛子似的。下雪天，刮起雪粒的西北风，从门缝往窑里直灌。李大贵用断砖破瓦，在门口砌一道矮墙，为的是挡挡风雪，但风刮得大，雪下得紧了，也不起作用。他又在砖窑正中垒一道短墙，把它隔成了两截。李二嫂带着升子住里屋，李大贵搭个木铺，住外窑。他很满意自己这安排，常常笑着对人说："这叫男立外，女立内，一点不含糊。"

李大贵把战士拉进窑里，请他们休息，自己忙着烧水和架铺。战士们洗完手脸，一边吃干粮，一边跟主人聊天。他们详细地问了他的姓名、年纪、籍贯和工种，又问他一个月挣多少工钱，够花不够，能不能吃上干的。

起初，李二嫂看见两位战士提着枪，雄赳赳地走进来，不知有什么祸事，是拔兵呢，还是怎么的？她又惊又怕，连忙抱着三岁的升子，躲进里窑，心头突突往上撞，两腿直哆嗦。她关好门，傍着门框，耳朵贴在门缝上，用心听他们聊天。听到两位战士问这问那，口气温和，还很亲热，她才慢慢地放下心来，悄悄地哄升子睡了。她穿一条半新不旧的，青地起红花的花洋布单裤，上身一件蓝布罩衫的下边露出旧红棉袄的破烂的衣角，耳朵上吊着两只银坠子。她今年二十一岁，生得体格苗条，脸庞清秀，眉梢鬓角，还能看出养过孩子的清俊少妇留下的青春的动人的痕迹。她一笑起来，两颊露出两个小酒坑，但是，肩膀头上压着穷苦家庭的沉重的担子，她不大爱笑。她娘家姓吴，住雄县乡下。家里人都叫她扣子，自从嫁给李大贵，她就没有名，也没有姓了。李大贵排行第二，人家叫她李二嫂。有一回，张万财来找他朋友，站在窑门外问道："里头有人吗？"李大贵不在，李二嫂在里屋应道："家里没有人，张伯伯您待会儿来吧。"她连自己的存在也都忘了，心里眼里，只有李大贵。看着两个战士跟李大贵有说有笑，她把他们看做一家人，什么也不担心了。

当天晚上，两位战士在砖窑外屋临时搭起的床铺上，摊开军毯，安安稳稳、舒舒坦坦地睡了一觉。

第二天，风住了，雪停了，太阳正冒花。战士听到起床号，慌忙跳起来，收拾了床铺，打好了背包，洗完手脸，水也不喝，烟也不抽，就告辞了。李大贵脸都没洗，就也跟着往外走。他才出窑门，李二嫂就赶出来问道：

"升子他爸，这会子乱马人哗的，又往哪儿去呀？"

李大贵没有回答。平常，遇到不痛快的事，李二嫂要是问什么，李大贵不爱答理，这一次他的不回答，却并不是不痛快。相反地，他一出门，心里就感到敞亮和舒坦。平常一迈出砖窑，抬头就能看见压在山顶的国民党的威风抖抖的炮楼，现在这些王八窝全给轰毁了，这真是梦想不到的叫人高兴的快事。但是他又想：远处大炮还在轰鸣着，工厂停工了，家里待不住，打牌不愿意，往哪儿去好呢？连他自己也闹不清楚，这就是他没回答李二嫂的追问的原因。

出了银顶街大门，李大贵信步走去，只见宽阔的煤渣路上，工人们三三五五，都往厂里走。他也跟着走。离小东门不远，他看见一大堆人围着布告栏，正在看什么。他挤了进去，从人们的肩膀头的间隙里，一字一字地慢慢地念着这文告：

"本日上午十时，军事代表在办公大楼后面广场上，作重要报告，望全厂职工，踊跃出席为荷。中国人民解放军第四野战军松江部政宣。一九四八年十一月十六日。”

像“踊跃”这样笔画复杂的字眼，李大贵是不认识的，但通篇大意，倒也明白了。他跟着成千的职工，往办公厅赶去。才到八点，离报告时间，还有两点钟，人们已经拥到广场上，在冷风里焦急地等待着。

广场是在办公厅背后，白茫茫的又松又厚的积雪上，已经踏出了许多脚印。蒿草的焦黄的梢头露在雪外。许多破烂的汽车，各种长锈的钢材和一些七长八短的管子，有的埋在草里，有的冒出雪堆。几个小伙子，爬上破旧汽车的篷顶，笑闹着，把积雪捏成一个个雪球，和底下的工人打雪仗。

广场的西面，摆着一张八仙桌。到了十点钟，一群穿草绿色军装和藏青色制服的人们来到了桌子跟前。一位军人打扮的中年人翻身爬上了桌子，把两手凑成一个喇叭，套在嘴边，大声地宣布开会，请刘代表报告。他一说完，就跳下桌子。接着，一位个子不高的、瘦瘦的军人从人丛里出来。他拒绝人们的帮助，自己把两手撑在桌面上，身子敏捷地一纵，就跳了上来。他满脸带笑，跟大家点头，用右手在空中一挥，开口说话了。工人们鼓起掌来，掌声淹没了他的开头几句话。

太阳从云层里露出来了，但还是有风。露天里，气温是零下八度，人们脚趾冻木了。风把干雪刮起来，在阳光里，卷成一阵一阵的灿烂的、闪烁的银雾。风把刘代表的讲话吹得断断续续的。没有扩音器，后面听不清，有些工人横起胳膊肘，尽往前头挤，有的窝着手掌，遮在耳朵的背后，但也还是听不准。大家望着刘代表，纷纷议论着：

“个子不高，精神倒好。”

"脸煞白，好像几天没有睡觉了。"

"哪能睡觉呢？打仗可不比干活，枪一响，就得连明带黑干，不能歇班。"

"还得宣传。"

"还要赶路。"

"口音重，准是南方人。"

大家正在纷纷议论的这位军人刘耀先，是解放军的一位师政治委员。他头戴一顶兔皮帽，两个耳扇紧紧包住了耳朵；身穿一件草绿色的棉大衣，颈间的狐皮领子是他和战士的服装唯一不同的地方。他是江西永新一个贫农的儿子。跟着毛主席，他参加了长征，用自己的两只脚板，足足走了两万五千里。过雪山草地时，他们常常用牦牛肉当饭，那玩意儿，吃一两顿还不错，天天拿它当饭吃，就不容易消化。囫囵个儿的青稞麦也是一样胀肚子。不过这还算是好光景，最坏的时候是根本没有任何能吃的东西。有一回，饿得慌了，他们找到藏民的一双大皮靴，把它洗净，煮烂，拿来塞肚子。这样饿一顿，饱一顿，有时吃些乱七八糟的玩意儿，他的肠胃整坏了，口里经常吐酸水，饭量总不佳。在第二次国内革命战争的后期和抗日战争的初期，他两次负伤。因为失血过多，脸颊总是带青色；可是他精神饱满，愉快而精干，工作一紧张，常常通宵穿夜不休息。现在，西北风稍稍停息，后边的工人也能听见他的响亮的、轻快的声音了。他说：

"……我们又回到工厂，回到城市里来了。我们共产党本来是在城市里、在工厂里的。中国共产党第一次代表大会在上海举行。我们祖国所有的城市，正和广大的乡村一样，都洒过共产党员的热血。"说到这里，他停住了。他想起了认识和不认识的倒下的战友，心里很激动；但是久经磨炼的刚强的意志，立即引导他改变了调子，他接着说道：

“一九二七年，蒋介石匪帮把革命的主力撵出了城市。我们说：好吧，我们就走，可是，话说在头里，我们是要回来的。现在你们看，我们真的回来了。”

李大贵对刘政委的话发生了兴趣。他在人堆里，侧着身子尽往前头挤。天气这么冷，他却挤得满头、满脸、满身都是汗。到了最前面，他望着桌上，凝神细听，好像要把这位陌生的、四十左右的军人的每一句话都咽进肚里。李大贵对解放军早就有一些认识，听着这报告，他好像听到了久别的亲友的说话一样。刘政委继续说道：

“这次回来，我们带来了一点儿礼物。”

正和一切有经验的宣传家一样，刘政委讲话时不慌不忙，能凭听众的脸色和动静猜到大家的心理。现在全场鸦没雀静的，没有一个人走动，没有一个人咳嗽，他知道大家对他的讲话发生了兴味，自己的风趣也更自然地流露出来。他略略提高了嗓子，含笑发问道：

“什么礼物呢？”

这也正是大家的疑问。刘政委用他两只手在空中比画了一个椭圆的形状，说道：

“我们的礼物就是炮弹。解放军用工人阶级的名义，用人民的名义，送了许多给蒋介石匪帮，那些卖国贼，那些出卖祖国的叛徒。”

李大贵使劲鼓掌，带动周围许多青工也拍起手来。掌声才落，刘政委接着说道：

“工友们，在毛主席的正确领导之下，中国革命基本上胜利了。蒋匪赶走了，不久就会全部干净消灭掉；北平城解放也快了。同志们，工人阶级当家做主了。大家要赶紧组织起来，保卫工厂，不许特务匪徒们破坏。……”

李大贵看见他旁边一个瘦个子，听刘政委讲到“特务匪徒们”这话的时候，脸色变得不自然，左边太阳穴几道细小的青筋暴起来。李大贵认识，他是伪工会主任胡殿文的金兰兄弟崔襄五。

刘政委语气很轻松，但是内容有分量。他接着宣告：

“我们希望，所有职员都照旧供职，跟工人一起，好生保护工厂的资财、账簿、图表和档案，听候点验。在第一宿舍的楼下，我们设立了一个登记处，国民党、三青团和其他反动党团的负责人，以及反动特务机关的工作人员，都要赶快去登记，不得自误。

“任何反革命分子，要是拒不登记，或阴谋破坏，或藏匿枪支，或武装抵抗，一经察觉和捕获，我们就会依法惩办，决不宽贷。”

听到这里，李大贵转脸去看崔襄五，不知在什么时候，那家伙溜了。张万财从后面挤上来了。李大贵跟他谈了几句话，再用心听时，刘政委已经转换了话题：

“……生活方面，工友们可不用担心。我们的后勤部正从良乡赶运大批的粮食，来接济工厂。最后，我诚恳地希望全厂职工，要和我们一起，共同努力，尽快恢复各个车间的生产，我们要使得工厂里的两盘高炉的冷冷清清的出铁口喷出通红的铁水。我们要想出办法，在极短的时间里，让通红的铁水像河水似的，滚滚地奔流。”

李大贵听了这话，十分高兴。他笑着跟张万财说道：

“咱们就要复工了。”

张万财摇一摇头道：

“不一定，咱们还得准备……”说到这里，他又住口了。

李大贵诧异他的吞吞吐吐的语气，连忙问道：

“准备什么？”

张万财说道：

“准备饿肚子。”

“别说笑话。”

“谁说笑话？你问问人家。”

“我不信。刘政委刚才还说，解放军正赶运粮食，来接济我们……”

“话是这么讲，做起来可不容易。动力部工程师于松说：‘共产党打仗实在棒，经济工作可是不在行，进了城，一下子添这么些人，粮食从哪儿来？’”

李大贵忙说：

“从乡下来，乡下粮食有的是。”

张万财道：

“我也这么想，可是于松说：‘乡下粮食刚够吃，就是有一点儿富余，也没法运来，火车不通，汽车又缺。’……”

李大贵再要分辩，张万财忙道：

“你听，谁在讲话了？”

李大贵抬头一看，八仙桌子上，刘政委早不见影子，正在讲话的是一个肥头大脸的家伙。他喜眉笑眼地说道：

“……接管组的许长官再三要兄弟来说两句话……兄弟我，”说到这里，他伸出右手的食指，点点自己的鼻尖，接着又道，“近年办工会，为了大家伙的福利，东跑西颠，总算没有辜负你们的信任。今天这会开得挺棒。刘代表把话都讲明白了，兄弟不重复。咱们都算解放了，谁心里有话，都只管说，朋友们对兄弟有啥意见，请在这儿提。要是没有，往后咱们大家伙，好好闹到一块堆，同心合意，拥护解放军，拥护共产党。”

李大贵用手背擦擦眼睛，疑疑惑惑地问道：

“你瞧那不是胡殿文吗？”

张万财好像看穿了世道似的笑道：

“可不就是他！”

李大贵愤怒地问道：

“这王八怎么上去的？”

张万财笑道：

“爬上去的。”他好像对什么事情都看透了似的，并不惊讶。

李大贵的心凉了半截。站在台上的这个胡殿文，是日本特务。国民党来了，又用他当工会主任。胡殿文嘴甜心毒，惯使花招，伪装自己。有一回，他还亲自带领工人用石头砸坏国民党一个什么处长的汽车，老实巴交的工人都信服他了。李大贵和张万财却看透了他。他常常到李大贵家里，拐弯抹角，调查他哥哥。如今看见这家伙又爬上了军事代表站过的桌子，李大贵气得头发蒙，两眼瞪圆了。不等会开完，他说一声“走”，拉着张万财挤出人群，离开广场，出了小东门，沿着煤渣路，往新镇走去。李大贵要是不痛快，想喝酒了，张万财是没有一回不乐意奉陪的，纵令自己心里并没有什么，为了朋友，为了二锅头，他也走一趟。

他们在新镇的高升隆酒店，会合了另外几个老师傅，喝了酒，胡闹一阵，又动手打牌。他们从下午三点，一直闹到十二点。

他们醉醺醺地从高升隆出来，穿过小街，走向大路。大路南头忽然显出一片灯火光，人喊马嘶，十分热闹。不大一会儿，一队大车来到了他们的跟前。有的驾三匹牲口，有的两匹。为首一辆三马拉的胶皮轱辘车，货物垒得高高的，上面用油布蒙住。车前挂着一盏晃动的马灯，赶车的穿着军服，看样子是一位军人。他坐在车上，鞭子在空中掼得啪啦啦地发出尖脆的响声，牲口奔跑着，浑身淌着汗。李大贵迎上去问道：

“同志，车上拉的啥？”

“粮食。”

“往哪儿送？”

“钢铁厂。”

李大贵满心欢喜，酒醒了一半，他把胡殿文忘了，扭头看看张万财，笑嘻嘻地问：

“怎么样？看人家多好！我知道，解放军里，尽是好人。”他这样地称赞解放军，心里隐隐地把他多年不见的大哥也包括在内。

张万财没有作声。大车一辆跟一辆驶来，前前后后，一共是二十八辆。李大贵欢天喜地，跑着、蹦着，跟每一个赶车的说：“同志辛苦了，难为你们了！”好像他们是帮他干活的一样。

车队过完，两人往回走。分手的时候，李大贵跟张万财说道：

“我有件事情，得跟你商量，明儿早晨先别出门，我找你去。”

三

半夜过后，寒气侵入。李大贵的残余的醉意全给冷风刮走了，只是口渴像火烧。他满怀舒坦，趁着薄明的月色，回到了破烂的砖窑。一进窑门，他就摸到水缸边，用大瓢满满地舀一瓢凉水，咕嘟咕嘟喝了十来口。随后，他撂下水瓢，拐到床边，躺下不久就着了。

一觉醒来，看见太阳退到了窑口，他慌忙起床，用凉水洗了脸，漱了口，吃了三个棒子面窝窝，就出门去找张万财。

看见李二嫂正在窑外晾衣裳，他告诉她，他要去找张万财商量一件事，说完就走了。

张万财原先也住在这一排窑里，跟李大贵家是紧邻。鬼子滚蛋的那年，胡殿文为着要讨好工人，带领大家搬进日本职工的住宅，张万财乘乱也占了一户。他的前门正对着胡家的后窗，左邻右舍都是胡殿文的手下。

国民党成立了工会，胡殿文三番五次要张万财加入。翻砂匠心里不乐意，嘴上却也不拒绝。他总是说："到时候看吧。"日子久了，胡殿文说他"狡猾"，就设法克他。有时停了他的电，有时断了他的水。两年多来，他受了胡殿文的好多肮脏气，再不解放，这地方他也难待了。

这个日本式的小巧的房子，有玄关、厨房和厕所。两间亮亮堂堂的房间，当中是六扇纸隔扇，能左右滑动。地上铺着一块一块的厚席子，日本话叫"榻榻米"。两扇大玻璃窗户朝正南开着，窗台很低矮。张万财取消了地板上的"榻榻米"。在里间，用木板和凳子搭了一铺炕，炕的南头并排放着两口黑漆木箱子，北头堆着被窝垛。在外间，靠窗摆一张方桌；桌上陈列一对白地起蓝花、印着“囍”字的花瓶；中间是一面水银褪了一小半的大镜子；镜架跟前放着一口永远不闹，短针老指着五点钟，就是工厂下班时刻的小闹钟。这些摆设，一看就知道是张大嫂当年的陪嫁。它们忠实地为主人服务，有十来年了。

李大贵到时，张万财刚刚起床，正在外屋方桌上吃饭。李大贵坐在他旁边，抽着烟，说起给赵五孩立碑的事情。两个人财力不足，张万财叫他大小子出去找了几个朋友来，大家凑了一笔钱。李大贵把凑合的款子，连碑文一起，交给瓦工邹云山，托他找石匠刻碑。

把这事办完，他们一伙人就都进厂去，用张万财的话来说：“去看看动静。”

工厂里还是一片杂乱和荒凉，没有机器的响动、火车的奔驶和汽笛的鸣叫。热风炉的圆顶还盖着冰雪，好像戴着白帽子。两只老鸹在烟囱上打架，翅膀把那顶上的积雪和灰尘纷纷地打落下来。工厂周围的电网都给破坏了。发电所的玻璃窗户全部打破了。破卡车、倒渣车、麻其车[①]和轱辘马[②]，横七竖八摆满在路上。电滚子、风窝子[③]、炮弹筒和步枪柄，这些平常不容易碰头的玩意儿，如今也都一起到处堆放着。

工厂里杂乱的、荒凉的景象，使李大贵感觉不自在。听了刘政委的报告，他相信工厂能很快地恢复，但是现在他又担心在短时期内不能够开工。张万财却不在意。他想，工厂不是他一个人的，干吗他要为它操心呢？至于职业，他是不愁的，有

---

① 吊运物件到高处的卷扬机。

② 在铁轨上运物的四轮小推车。

③ 铆工铆钉的工具。

了技术，吃遍天下，大厂不开工，小厂有的是。

这时候，胆小的人们都待在家里。但是大多数工人都三个一群，五个一伙，在厂里溜达，钓鱼，在街上喝酒，甚至吵架。还有一些愣小子，捡到蒋匪扔下的步枪和炸弹，在空地上乱放乱掼。闹得爆炸连声，硝烟乱冒。李大贵他们一群走到二高炉附近，迎面碰到一伙人，为首的是修理部的铆工赵东明，外号大洋马，约莫二十六七岁，个儿比李大贵还高，身穿一件破旧的灰土布棉袄，脚蹬一双后跟磨尽了的翻皮鞋。他的手艺不算坏，命运却不济，常常爱到城里上卦摊，问吉凶。李大贵迎上去问道：

“上哪儿去，大洋马？”

大洋马走拢来说道：

“哪儿也不去。成天晃晃悠悠的，两手快要上锈了。”

李大贵打趣道：

“快去换马掌。”

大洋马瞪他一眼，接着正经地说道：

“你们听到什么吗？”

李大贵反问他道：

“你听到了什么？能开工吗？”

大洋马笑道：

“你怎么一下子就想到开工了？人家说，至少得五年。”

“谁说的？”

“于松说的。”

李大贵紧跟着问：

“他跟你说的？”

大洋马道：

“有人听他跟杨子美说的。”

“杨子美怎么还在？”

“他本来想跑，提一口皮箱，赶到汽车库，人家汽车开走了。五辆破卡车塞得满满登登的，国民党和三青团的头头脑脑、工会老爷，带着一群娘儿们，外加揣飞机尾巴来的兔崽子、龟儿子，呼啦呼啦一大片，都上北平了。撇下他们几号人，都气得要死，也吓得不行，把大衣、西装和皮鞋藏的藏，卖的卖了，说是怕平分。”

听到这儿，大家笑起来。

大洋马又道：

“还有好笑的呢。炼焦部的史领班，你知道吗？”

李大贵道：

“怎么不知道？日本人在，他也当领班。”

大洋马接着说道：

“这几天，史领班老是喝酒，发愁，不许他老婆出门。他女人告诉他说：‘你管不着我了。’他说：‘是呀，我还管得着你？人家来了“闻香队”，说不定你要跟我离婚了。’这妇女，你是知道的，三角眼，大饼子脸，底下是三寸金莲，走道扭着个大屁股，一拐一拐的，早年声名还不正。这样的货色，也怕‘闻香队’，你说她有什么香？”

李大贵笑道：

“我怎么知道？你去问问她的掌柜的，要不，自己去闻闻。”

大洋马笑着抡起大拳头，赶着要揍李大贵，张万财用手架开道：

“咱们别管她香臭，你说，还听到什么来着？”

大洋马道：

“听于松说，‘共产党只会办山沟，办工厂是鸭子上架。他们长不了，站不稳，机器都得搁石头砸坏’。”

李大贵摇摇头说：

“我不信。”

张万财的细长的眼睛里的眼珠子不停地转动，疑疑惑惑地说道：

“这话不可全信，也不可不信，解放军不砸，也怕坏人呀。前些日子，眼瞅大势要去了，国民党把好些机器卸下，都装上木箱，打算搬到南边去，工人不肯搬，他们就说，搬不了，临走也要放把火。这话你忘了？”

经张万财这样一提醒，李大贵十分担心，慌忙吆喝大家道：

“来，来，咱们瞧瞧去。”

三个朋友带着一帮子人走到锅炉房门口，那里有战士把守，不让进去。李大贵走上一步笑着说：

“同志，咱们是这里的工人，想进去瞧瞧机器，看坏了没有。”

战士提着枪，拦住他们，和颜悦色地解释：

“对不起，上级有命令，没有军事代表的条子，谁也不让进。你们要看，请先上代表室办个手续：开张条子。”

李大贵回头看看大家，放心地笑道：

“看人家想得多周到！”接着，他又问战士，“代表室在哪儿？”

“在办公厅楼上。”

他们离开锅炉房，走过送风室、发电所、水泵房和修理部工场，一直到了电话局，到处都有解放军的战士守卫着。他们就往办公大楼走，路过蓄水池，看见许多工人在那儿钓鱼。李大贵看到机器都有人把守，安心，快意，把要条子的事，也都忘了，兴兴头头爬上了土堤，大伙跟着他。

堤上有残雪。池上的冰块，在太阳光下映出晃眼的光辉。寻食的老鸹，停在堤边槐树上，望着四围；抖动的翅膀，把光秃的树枝上的积雪扑得一阵一阵飘落到地上。工人们用石头砸破池上很大一块冰，坐在洋灰堤岸的斜坡上，把鱼线扔进水里，安静地瞧着浮标。李大贵的徒弟牛福山，前前后后，钓上了十几条小鱼，用一根柳条串连着腮帮，养在堤根浅水里。李大贵笑道：

“嘿，好小子们，都改行了。”

“别嚷，鱼都惊跑了。”

李大贵一看，说这话的是个瘦个子，动力部的车工伍永和。他走下堤岸，夺过老伍的鱼竿，一面换面饵，一面信口开河地笑道：

“鱼不上你的钩，怎么赖我呢？昨天晚上你跟老婆亲过嘴，是吧？鱼闻出来了，鱼的鼻子可灵呢。”

伍永和笑道：

“鱼有鼻子，这是头一回听说。”

“鱼不光是鼻子灵，眼睛还雪亮。它们看见你的小铁钩，就合计着说：‘这是车工老伍的钩子，这瘦小子只喜欢老婆，不喜欢咱们。不行，不跟他来，别上他的钩。’就是这样，你亲了老婆，鱼就不亲你。”

站在他背后的大洋马赵东明笑道：

“依你说，鱼也吃醋了？”

李大贵扭转头来，瞪大洋马一眼，随口说道：

“鱼不吃醋，你怎么能吃上醋熘鱼片呀？瞧我的。”他说着，就把鱼线扔进水里去。说也奇怪，不大一会儿，浮标就动了，李大贵眉开眼笑地看看老伍，又回转头去，瞧瞧大洋马，夸口说道：

“怎么样？鱼就是认我亲我。”

车工老伍好像在安装车床上的刀架一样地，眯着左眼，细心观察了浮标，就断定道：

“风刮的。”

李大贵笑道：

“胡说，你瞧！”

他往上一提，鱼竿弯了，下面很沉，看样子是条大鱼。许多工人跑拢来，围着他看。他的徒弟牛福山放下自己的渔具，过来帮他拉。大家七嘴八舌地发议论和出主意：

“老李真棒！”

“真不是吹的。”

“准是青鱼，鬼子在这儿扔了不少青鱼秧子。”

“别忙，别忙，先拉到岸边，再往起提。”

“别使劲提，小心鱼线断。”

这句话还没有落音，鱼线真断了。钓钩挂在一绺乱草上，把线绷断了。大家愣了一会儿，都大笑起来，笑声把槐树上的老鸹惊跑了。他们都笑李大贵才说嘴，就打嘴了。牛福山不好意思大声笑他的师傅，用手捂着嘴，偷偷地笑着。

正在这时候，张万财的大小子喘吁吁地从大路跑上堤岸来，背后跟着解放军的一位挎盒子枪的小伙子。李大贵认出，他是那天站在刘政委背后的警卫员。张家大小子喘吁吁地说：

“爸，你在这儿呀，叫我好找。”

张万财忙问：

“什么事？”

“解放军要找李叔叔。”

大家住了笑，把李大贵拥到前面，几个人指着他介绍：

“他就是姓李的。”

警卫员陈德林上前郑重地、亲热地说道：

“您就是李师傅吗？军事代表请您去谈谈。”

李大贵心里一惊，不知出了什么事。他跟陈德林往长堤的东头走去，一路狐疑：“代表怎么叫我？怎么知道我的？”接着，他又想道：“准是大哥来了信。”

他跟陈德林走下了土堤。办公大楼就在水池的对面。大门里外，黑压压地挤着好几百个人，都好奇地望着进进出出的人们。看见李大贵跟一位战士挤过人群，迈进大门，走上右边的扶梯，人们都谈论开了：

“这不是动力部的老李吗？”

“可不是他？”

“怎么他也上楼了？”

“准是共产党的地下党员。”

“这愣小子倒看不出。”

“你看出几个来了？人家是父子不传，夫妻不过，顶秘密的。”

动力部的电工谷德亮，从门口望着走上楼梯的李大贵，忙用嘶哑的嗓门叫嚷道：

“老李，打听个准信，要不开工，我们就散伙了。”

两个人通过楼上木头地板的廊子，到了代表室门口，陈德林推门进去，不大一会儿，他又打开门出来，笑着对李大贵招手，请他进去。李大贵走进房间，随手把门带上了。

这间大房间原来是伪厂长室。门口摆着一架四扇连成的屏风，上半截嵌着不透明的花玻璃，下半截是漆成深棕色的木板。转过屏风，李大贵看见两个人坐在右手靠墙的沙发上，正小声地谈话，他认出一个是刘政委；另外一个穿着对襟青布棉袄的三十来岁的男子，好像是本厂的工人，但是不知道名字。看见李大贵进来，刘政委连忙起身，笑着跟他拉拉手，请他坐下，自己也坐在他的身边，亲热地望着他。正要开口，桌上电话铃响了，刘政委起身去接电话。穿对襟棉袄的工人笑道：

“李师傅不认识我吧？我叫张瑞，炼焦部的工人。头天打仗，我们还想把一个伤兵送到你家去……”

正说到这儿，刘政委打完电话，走过来跟张瑞说：

“今天就谈到这里。你才说的地下党的情况，请写个书面的东西，越详细越好。就这样吧。”说完，他伸出手来。

送走张瑞以后，刘政委回来，坐在沙发上；刚从茶几上拿起烟卷，桌上电话铃又响了，他撂下烟卷，起身走到桌边去。李大贵一边点起一颗烟，一边察看房里的东西：屋子当中安着一座大火炉，炉身下半截烧得通红；炉上搁一把水壶，正滋滋地发响，壶嘴里和盖子缝里不停地冒出腾腾的白雾，浸润着屋里的空气。沙发跟前，低矮的小圆茶几上，一块圆玻璃压着一幅微微发黄的补花的白桌布。地板上铺着一块绿地起花的旧地毡。垂着疙瘩穗子的褪了色的紫红罗缎的窗帘披在窗户的两边。屋角的花盆架子上摆着一盆小橡树。这些摆设和装饰，从古老的款式上和陈旧的颜色上，可以看出它们是日本时代，或是国民党时代的遗物，新的主人没有挪动它们，甚至没有改变它们的位置，也没有添加什么，除开屏风对面的墙壁上新挂上的一幅毛主席的画像以外。

李大贵看了一会儿，听到刘政委还在打电话：

“……快把粮食分发给工人，家属也发。不够？咱们再去运。还有，余慧同志，你得准备一个图书室，让工人和技术人员自由浏览。……什么？登记的人不多吗？这事往后再谈吧。那天演说的那个姓胡的不是好东西，我早知道了。……嗯，嗯，知道了。晚上汇报会，改在一宿舍。你先来我这儿，我们一块儿去。”

听刘政委说到“姓胡的不是好东西”这话，李大贵想：“兔崽子到底露馅了。”心里很快活。

刘政委放下话机，含笑走过来，坐在李大贵对面，点起一颗烟，抱歉地说道：

“叫你等久了。”

李大贵这才注意这位小个子政委脱了草绿色的棉大衣，穿着一套合身的黄呢子军服；身体显得更瘦些，但潇洒从容，精神健旺，一双漆黑的大眼闪闪有光彩；剃光的头顶，还能看出许多银色的头发根，看模样，是四十以上的人了。他噙着烟卷，用眼睛长长地盯住李大贵，好像要辨识和记住他脸上的特点似的。接着，他亲热地说道：

“我早知道你了，李师傅。”

李大贵恭敬地问道：

“您怎么知道我的？”

刘政委笑道：

“连你都不知道，那不成了官僚主义了？”他随即提起了他给部队带路的事情，慰勉了几句，并且告诉他：

“张瑞同志刚才还提到你呢。”

谈话间，李大贵顺便说起他的大哥李大富早年参加了八路军。刘政委对这件事深刻地关切，详细问了他哥哥参军的地区和时间，答应替他去打听。又闲聊了一阵，刘政委才转到正题。他郑重地对这位年轻钳工说：

“今天找你来，不为别事，是要请你帮助尽快恢复发电所。”

李大贵笑道：

“干吗‘请’呢？这是咱工人应干的事。”

刘政委点头赏识他的当家做主的态度，可是接着又说：

“这是一桩突击工作，你得吆喝大家干，人多才出活。”

接着，两个人就人力、器材和工具等等作了初步的计划，合计完了，刘政委笑道：

“我们希望能在三五天内送电，你看有困难没有？”

这时候，李大贵心里浮起了一片荒凉毁败的光景：全厂的电缆和电线有一小半炸断了，电线柱子有些轰倒了，大电滚子也坏了。他是机械钳工，电气方面自己不在行。他也明白，工人们看见厂里混乱，都心绪不安，有人还想回家去种地。在这种时候，要人来干活，是有一些为难的。可是他又想，电工谷德亮是他拜把的兄弟，还有一些电工老师傅都跟他很有交情。他一吆喝，没有不听的。凭这份把握，又想起赵五孩慷慨牺牲的情景，他跟刘政委说：

“对，我保证三天送电，有困难也不怕。”

刘政委听了这话，心里自然很欢喜；但他还是叮咛着，要是有困难，要他支持，要他发动别的单位来配合，或是要找外厂支援的时候，勤来找他。两个人又谈到恢复发电所以后，下一步该干什么。李大贵道：

“焦炉破坏小，有了电力，就能动手修。高炉破坏大。可炼铁是咱们厂的重心，这两盘高炉，迟早得修。”

“你看哪一盘炉好修一些？”

“哪盘都够呛，一盘是徐世昌修的；一盘是日本旧炉，破破烂烂，都够瞧的了。”

陈德林已经进来两次，一次拿机要文件要刘政委批阅，一次报告有人在门外等他谈话。李大贵看他太忙，自己又怕夸了三天恢复发电的海口，到时候不能做到，丢人现眼，想赶紧去找伙伴商量，就起身告辞。刘政委含笑伸手给他道：

“好吧，哪天有空，你领我去看看高炉。记着啊，三天以后，大家等着听你们的喜报。”

李大贵简洁地回道：

“误不了。”

李大贵才走到屏风跟前，刘政委忽然想起一件事，又叫他转来。

四

刘政委站在屏风跟前，问李大贵道：

“有个名叫胡殿文的人，你知道吗？”

李大贵说道：

“怎么不知道？他是国民党的工会主任，早先是鬼子的密探。”

刘政委低声说道：

“他是个头儿。‘擒贼先擒王’，可不能叫他跑了，他屋子近边你有熟人吗？”

李大贵想起了张万财，随即回答道：

“我有个朋友住在他后窗对面。”

“叫什么？”

“张万财。”

“他人怎么样？跟胡殿文的关系怎样？”

“他人很好，跟胡殿文是死对头，早先胡殿文老是克他，他恨透了，可还装个笑脸，跟他来往。他是‘好汉不吃眼前亏’，要我做不到，早干起来了，他真沉得住气，他……”

提起张万财，李大贵兴趣来了。啰啰嗦嗦还要说下去，刘政委笑着岔断他的话：

“我叫工作组派一个人住在他家，看看胡殿文的动静，他能答应吗？”

“能答应的，我告诉他去。”

“别忙，我写封信，你带到工作组，他们会派人跟你去的。”

刘政委把信写完，封好交给李大贵，紧紧拉着他的手，信任地说道：

“你把工作员带去，说是你的一位多年不见的朋友，在他家里住宿和吃饭，往后算粮食给他。”

李大贵把信揣在衣兜里，正要走时，刘政委又叮咛一句：

“记着，三天以内，我们问你要电了。”

“误不了。”

李大贵转过屏风，打开代表室的门，从门口的人群里挤了出去。门外的人一个个进去，刘政委一一接见他们，直忙到晚上，余慧来请他到一宿舍去的时候。

工人有时叫刘政委做军代表，他是军管会代表。他的家乡离井冈山不远，十七岁参加红军，十八岁参加中国共产党。二十来年，他的两手没有离开枪杆子，他的青春和壮年都消磨在炮火硝烟里。由于辛苦和劳累，鬓角秃了，头发也白了一些。

刘政委对于现代工业，压根儿没有沾过边。可是他对党给予的任务，总是能很快地发生兴趣。他动身到工厂以前，军管会企业部长姚明在长辛店和他谈话，跟他说道：

“工厂的情况，还是一片黑。”

刘政委点着烟卷笑道：

“要这样才有意思，要是明灯亮烛的，就不用我们去了。不过，还得多带些人去。”

“你带不少了。”

“太少了。五六千工人，外加五六千家属的大厂，这一点儿人马顶什么用？请再调几个。”

“不能再调了。你想想看，我们一下子接管多少厂矿？军事胜利来得太快了，地方工作撵不上。现在到处问我们要人。我们又向谁要去？按说，还得从你那里抽出几个人才行。石头山还有一个团，归你节制呀。”

刘政委连忙挡住：

“得了，你不给算了，我们总要对付过去的。”

他仰头靠在沙发上，口里喷出白色的烟圈。姚部长来了“攻势防御”。看阵势，再添人是没有指望了。他辞了姚明，当天率领一批从军队、地方和学校调来的新老干部，一共是二十五名，分乘一辆小吉普和一辆大卡车，在严寒里，冲风冒雪，从长辛店赶到了骆驼山。

广场演说以后，刘政委叫王团长的通讯排架好军用电话线，随即把工作队分成两组：一是接管组，组长许文，是个学生出身的老干部。他这一组负责清点工厂的资财、机器和设备，同时安排各部的行政机构。一是工作组，组长余慧，是部队出身的，后来做了县委书记的一位女同志。她这一组负责做群众工作和建党准备。白天，两组的人分头活动，晚上，为了便于警戒，大伙集中住在一宿舍，这所红砖灰瓦的两层楼洋房，坐落在石头山的山腰上。房子前面有一条宽阔的碎石斜坡路，从门口直通到山下。房子北边是一片疏疏落落的白杨槐树的林子。

和李大贵谈话的那天的晚上，刘政委跟余慧到了第一宿舍的会客室，听取人们的汇报。小小的屋子里，挤着十四个人，有两个坐在沙发靠手上。刘政委俯身在桌上的两支洋蜡的中间，用金星笔用心记录人们的谈话。窗外忽然响枪了。有两枪打着窗户，玻璃打破了，碎片哗啦啦地撒在地板上，飞到人身上，带雪的冷风从窟窿里呼呼刮进来，把洋蜡吹灭，屋里黑漆寥光的。站在门口的警卫员陈德林慌忙跑进屋，微暗里，他摸到了刘政委，知道他没有受伤，就放心地拔出连枪，冲到窗口，对树林里当当地放了一梭子，咔嚓一声又安上了一梭子。山上的机关枪响了。余慧也掏出了大镜面[①]，准备迎战。施真惊慌地蹲在沙发背后。刘政委沉着地走到窗边，用心听一会儿，转身对大家笑道：

"慌什么？山上的机枪是我们自己的。别打了，陈德林，我知道你是要趁火打劫，多放几枪，过一过瘾。快拧开电棒，点起洋蜡来。"

枪声停止了。窗外，只有风刮得树枝呼呼地响动。陈德林把枪插进腰间皮套里，找了一块木板子，挡住破窗户。洋蜡又点起来了。会议继续进行着。施真回到了桌边，看着刘政委那么镇静，自己却这样慌张，含羞带愧，脸都红了。坐在他的旁

---

① 匣枪的一种，枪膛铜板，平滑如镜，故名。

边的余慧从容沉静地跟他说道：

“猪宰了，腿子也要动几下，这叫做最后挣扎。土改初期，也有特务打黑枪。这样的事，多经历几回，就不怕了。”施真敏锐地感到，这后一句话，好像是针对他说的。他听余慧又说道：

“可是，干我们这行，得会使唤枪才行，你会吗？”

施真这时已经完全平静了，摇摇头说：

“不会，我长这么大，还没有摸过枪呢。”

会议完了，余慧走到刘耀先跟前，小声谈了几句话，刘政委随即笑着问施真：

“拿笔杆子的，还没有枪吗？陈德林，先把我的勃朗宁给他。”

施真把刘政委的手枪佩在灰布棉制服外边的皮带上。他是头一回拿枪，感到格外地新奇。每天晚饭后，他和别的新同志在石头山脚下练习打靶。往后，他对于手枪子弹特别地感兴趣。晚上睡觉时，他把手枪小心地放在枕头下面，有一回，被陈德林发现，忍不住笑他：

“傻瓜，枪放在这里，要是有情况，你还有命吗？”

他教他把枪藏在被窝里顺手的地方，说：

“这样，敌人就是扑到了身上，你也能从被窝里打他。”

工厂还是不平静，到处乱哄哄。洗煤场、生铁场、倒渣场和所有空旷的地方常常发出爆炸的震响。调皮的工人捡着国民党扔下的手榴弹，大家掼着玩。僻静的路上有人打黑枪。工厂周围的电网破坏了二十来处。刘政委出了一个布告，限令人们交出枪支和炸弹。他又打电话给王志仁团长，要他派一排工兵帮助修理全厂的电网。

工作组每天分散到山下村、银顶街和新镇的光棍寮去，探穷访苦，宣传政策，捎带着了解情况。施真带领一个小组到山下村串门。他们发现五六十户人家，住在精巧的职员宿舍里，却穿着破烂的棉袄。吃得也不好。晚上汇报的时候，施真兴奋地说道：

“这些工人比李大贵还苦，听口气也很进步似的。”

刘政委道：

“是吗？他们是什么工种？”

“临时工。”

刘政委听了，低头沉思了一会儿，没有作声。他想，要是他们又穷苦，又进步，张瑞他们可能会知道。他们没有提起过他们。刘政委碰到可疑的事，总要尽可能地亲自去调查，尽快地弄个水落石出。第二天一早，他和陈德林走到山下村，访问了几家，看见他们的确穷，可又不像做工的，他狐疑不定。他们又走到一家，男子不在，应门的是一个鬓发斑白的老婆婆。刘政委一边跟她打招呼，一边通过小小的厨房，走进她外屋，坐在椅子上，跟她聊家常，一时谈得很投缘，刘政委问道：

“老太太老家是哪里？”

“高邑。”

“好地方。”刘政委称赞了一句，随即装做毫不在意地问道，“少掌柜的原先是干什么的？”

“不干什么。托他爷爷的福，不用起早贪黑，搬土拉块的，也能对对付付过日子。如今可不能提了。不怕您笑话，您瞧瞧。”她颤颤巍巍地把刘政委引到厨房里，揭开锅盖说，“见天尽吃这玩意儿，这叫糊涂，把人吃得稀里糊涂了，原先咱们家小厮吃的，比这也强。”这老婆婆忙着夸说从前的阔绰。刘政委样子好像漫不经意似的，从容问道：

“府上有几个小厮？”

“一个。这年头还能用几个？”

老婆婆回答，但是随即知道不对劲，连忙改口道：“没有，没有，一个也没有，一年到头吃不上，穿不上，还能用小厮？”

刘政委笑笑，没有说什么。又问了一些闲话，他告辞出来。从老婆婆前后矛盾的说话里，他已经多少领会一些真情了。往后，他指定工作组的三个同志对临时工进行了专题调查。许多事实证明了，这些临时工都是国民党的还乡团员、老区被斗的恶霸地主。他们全没有技术，也不爱劳动，国民党反动派把他们安插在这里，叫他们拿干薪，工厂白养活他们。可是，还没有来得及改变他们的困境，蒋匪垮台了。

一天晚上，刘政委在代表室，在昏黄的烛光下面，给军管会企业部写了下面这报告：

“我们正在摸情况。根据地下党员张瑞的反映和我们几天以来的了解：这个工厂是国民党反动派华北的一个重点。全厂有七百多个反动党团员。现在大部分被骗的工人，都登记了。国民党在这里有两个党部：二十三和三十九区党部，一明一暗，两者都大量拉夫。这里有蒋、汪、阎和‘北平行营二处’的特务。匪徒们系统纷纭，名目繁多，有军统、中统、励志社、中美合作所、特别党员、三青团员、还乡团和清共先锋队等。好些特务都是双料货，他们是日本走狗，也是蒋匪心腹。职工中加入青红帮、慈善会、先天道、后天道和一贯道的人为数不少。有一些领班是一贯道的坛主，这些会道门，都被特务机关控制和利用。好多会道门首要，就是特务。历史清白的工人是反对伪工会的，但是通过假招和小惠，伪工会掌握了不少落后的群众。国民党还利用拜把、同乡和其他办法，来分裂工人，各个车间的老师傅大半加入了二十八宿、七十二友和一百单八将等封建小帮派。特务分子没有横的联系，只有纵的关系。反动组织的各个系统又互相倾轧，常常吵嘴和打架，但越往上头，越是统一的。

“这是一个核桃壳，必须砸碎它。

“目前，好些工人很不安心，想回家种地。我们打算尽快恢复动力部。随即恢复运输和炼焦，作为恢复高炉生产的准备。当然，困难是少不了的……”

刚写到这里，楼下有人吵嚷和欢呼，陈德林的声音最响亮，他在窗子底下往上叫唤道：

“送电了，快拧电钮。”

刘政委放下钢笔，顺手拧开台灯的电钮，骤然发出的强烈的光流晃着他眼睛，洋蜡显得越发昏黄了。他把它吹灭，焦臭的油味飘荡在空间，好久不消散。他走到窗口，隔着玻璃，瞭望全厂，远远近近的灯光都亮了；远的好像闪烁的星星，近的发出灿烂的光焰，照耀着厂房、空地、电杆、树木和积雪，带罩的路灯在风里摇晃，把光秃的榆柳的摇摇不定的阴影，倒映在路上。刘政委望着灯火辉煌的、新奇的、美丽的夜景，正满怀欢喜，忽然有人叩门了，他走回桌边，把报告收进抽屉里，然后愉快地高声叫道：

“请进。”

李大贵兴兴头头地转过屏风。他的背后跟着一大群工人。刘政委连忙迎上，伸出他的绽出筋络的温暖的右手来，紧紧握着李大贵的沾满油泥的大手，笑着称贺道：

“头一炮就打响了。”

李大贵朝后面的人招手，叫他们上前，回身又对刘政委说道：

“哥儿们三天三夜没合眼。”

刘政委跟大家一一握手，含笑慰问：

“都辛苦了。”

为首的一位电工说道：

“这是应该的。”

刘政委细细打量他。这电工脸庞微黑，举止粗鲁，手上戴着白棉线手套，腿上缠着深灰布腿绑，身穿一件破旧的蓝棉袄，腰上拴一条皮带，插着钳子、刀子和改锥，看样子才从电杆上下来。李大贵介绍他道：

“谷德亮，电工领班，外号摔不死，高空作业不爱拴腰绳，从木头杆子上掉下一回，洋灰杆子上摔下两回，也怪，一回也没有摔死。”

后面一个中年人笑道：

“摔死一回就够了，永远报废了。”

明亮的灯光照着大家的破衣、泥手和笑脸，刘政委十分快乐，请他们在沙发上坐下，抽烟和喝茶，跟他们聊天，他兴致勃勃地询问各个工种的工作和生活。到了十点，看见有人用手捂住嘴巴打哈欠，他劝大家去歇息，送到门口，他说：

“赶明儿，都歇过来了，请大家拿出同样的劲头抢修通往北平的电缆。”

谷德亮用嘶哑的嗓门反问道：

“北平还没有解放，修它干吗？”

刘政委说道：

“解放也快了。再说，老百姓跟咱们是一势的，不能叫他们过黑暗日子。”

谷德亮慷慨地说道：

“好吧，明日一早就动手，人怕干活活怕干，这二十多里的电缆，一眨眼，就得了。大伙再使一把劲，好汉们，行不行？”

大家齐声答应道：

“行！”

谷德亮笑道：

“尊一声好汉，大伙就答应得响亮、带劲，我早知道，哥儿们全都乐意做好汉，不想做孬种。回见，刘政委。”

刘政委叫住走在最后的李大贵，说道：

“请等一等，问你一句话，明天有空吗？”

李大贵站住说道：

“明天我想修理水泵房的电滚子。”

“能撂下吧？”

“有什么事？”

“我明天想看看工厂，瞧瞧高炉，请你做向导，有不懂的，指点指点，给我补一课。”

第二天上午吃罢早饭，刘政委打发通讯员把报告送走以后，就同李大贵和陈德林坐上吉普，司机老姜问：

“上哪儿去？”

刘政委道：

“先到厂外银顶街去看看职工宿舍，回来再到高炉去。”

车子往大东门驶去。路上有许多积雪的、结冰的水洼和弹坑，吉普三番五次陷下去，又蹦起来，把车上的人抛得老高，刘政委一手紧紧抓着车沿铁柱子，才能坐稳。

前座陈德林叫道：

“老姜，开慢一点儿嘛。”

出了大东门，车子在厂外高低不平的碎石路上往北边慢慢地行驶。刘政委展眼瞭望，只见西北戴雪的群山，像一连串凝结不动的、黑白斑斓的云彩，镶在瓦蓝瓦蓝的天际。公路右边，是一片盖着松厚的雪的辽阔的麦地；左边有一道水沟、一条土堤和两层安在堤上的电网。靠近电网的许多制高点，都修盖了地堡和碉楼。这些王八窝的黑洞洞的枪眼都对准公路、新镇和银顶街的工人住宅区。现在，它们都给工人用泥土堵塞了。看着它们，李大贵想起了从前的日子，他说：

“鬼子在这里的那些年份，厂里厂外，到处是死尸。饿死和累死的工人没有人埋葬，扔在路边。有一回，我打这里过身，在水沟边，就是那里，你瞧，”他指着水沟斜坡上的一个填满积雪的泥坑，接着说道，“我看见一条大花狗趴在地上啃东西，走近去细看，你猜是啥？一条人腿……”

停了一会儿，李大贵又指着西边的小山说：

“你瞧瞧那山，上边有树林、宝塔，还有一座庙，样子怪美的。可是那时候，工人看见它，谁不打哆嗦？庙里是鬼子的特务机关。兔崽子们在山腰挖一道壕沟，沟上搭起木架子，拴着粗麻绳，把人一排一排吊在绳子上，抡起指挥刀，一路砍去，尸首滚进壕沟里，他们顺手把土块推下，叫山上不留一丁点儿血迹……”

刘政委插嘴问道：

“死的是些什么人？”

“八路军，也有工人。”

车里沉默着，只听见车轮的飞驶和马达的喘息。停了一会儿，李大贵才又说道：

“美国鬼子和蒋介石来了，也是一样。工人都说：去了一只虎，来了一条狼，去了日本，来了老美。蒋匪变尽法儿来剥削和折磨工人，票子发下一大堆，买不到一斤棒子面。新街光棍寮有个工人被抓去，说是共产党，中美合作所的特务用刺刀扎穿他的脚后跟皮，用铁条从皮里往身上捅一阵，再吹，吹得皮都离了肉，鼓胀起来……”

吉普驶进银顶街，停在大路边。刘政委、李大贵和陈德林下车访问了五个工人的家庭，又去看了光棍寮。对住宅区的水电供应、卫生设备，以及下水道的情况，刘政委都问得十分仔细。临了，他对李大贵说道：

“走，去看看你的家吧。”

李大贵觉得自己的破窑太寒碜，连忙阻止：

“甭去了。天快晌午，咱们回厂吧。”

刘政委一定要去，他们又都上了车。小吉普往银顶街西面的一派砖窑前面的荒地上驰去。驶到李家的窑前，老姜刹了车。李二嫂从窑里看见，吓了一跳，他们家是从来没有来过汽车的。她想：“了不得，出了事啦。”想把门关上，但又知道不顶事。李大贵跟着刘政委和陈德林已经下了车，向窑口走来。李二嫂退入里窑，傍门框站着。升子抱住她的腿，用好奇的、胆怯的眼光望着进来的客人。刘政委一走进门，就像回了家，随便坐在门边一条板凳上，笑着跟李二嫂招呼，又逗着升子，叫他到他跟前来。升子不敢过来，躲在妈妈的身后。有时候，却又从妈妈身后伸出脑袋来，把右手的手指噙在嘴巴里，偷偷地看看生人。

刘政委察看窑里的一切，看见了窑顶和窑壁被柴烟熏黑和雨水漏湿的地方，他心里盘算：“应该尽快给他换一间房子。”

但嘴里并没有说出。这时候，窑外聚集了一大群男女，把窑口的阳光遮住了，窑里变暗了。这一堆人是李大贵的邻舍，都是来看军事代表的。刘政委请他们进窑，有几个年轻人先走进门，其余的人一齐挤进来。他们团团围住客人们，刘政委向大家问这问那，看样子，竟没有头了。陈德林想起了第一宿舍打黑枪的事，心怀警惕。他看了看手表，连忙催促道：

"政委，快十二点了。咱们去看高炉吧。"

刘政委点头同意，大家从人堆里挤出了砖窑，上了吉普。司机老姜把车子开足马力，一阵风似的跑出银顶街，驶进小东门，冲到了一高炉的出铁场下边。一路上，车里的人都颠得老高，篷顶铁棍碰着大家的脑袋。车子刚刹住，大家跳下来。陈德林望望高炉，笑着说道：

"好家伙，越到近边，越显得高了。"

李大贵道：

"这盘炉有十五丈高，就是旧一点。二炉岁数也不小，都老掉牙了。"

刘政委笑道：

"提起老掉牙，我想起我们在江西的时候，游击队的武器，一色是梭镖。也有几杆汉阳造[①]，来复线都磨光了，大家说是'老掉了牙的老婆枪'。往后，短短二十年，凭着毛主席、党中央的正确领导，部队一天天壮大，如今我们不只是有现代化的轻武器，各种口径的大炮全有了，还有坦克和飞机。革命总是从无到有，从小到大，从旧到新的。"

李大贵笑道：

---

① 旧中国汉阳兵工厂制造的步枪。

“依你说，‘老掉了牙’，倒是咱们一句发家的话了？”

大家一路说笑，不知不觉上了出铁场。刘政委说道：

“请给我们上一课，李师傅。”

李大贵站在出铁口旁边，舞舞爪爪谈着高炉的构造，他从炉缸、炉腹、炉腰、炉身、炉喉一直说到炉顶，把上料设备、冷却设备和煤气设备等系统中的要紧的项目，它们的名称、性能和现状，都一一说明。按照他的老习惯，说话自然是未免有点啰嗦，可是很生动，有时候，还捎带说个故事。

他们又仔细地检看了泥枪、围板、水管和水箱；通过风眼上的小块蓝玻璃，刘政委察看炉里。李大贵在一旁说道：

“这是看炉料的熔炼情况的。”

刘政委端详整个炉子，炉上的所有的铁板都长了铁锈。

李大贵说起了这盘高炉的来历：

“听老工人说，徐世昌才把它修好，还没有点火，关里关外就干起来了。不久张作霖进关，徐世昌垮台，这盘高炉原封不动地搁着，后来鬼子倒用了几年。鬼子投降时，停风没有按照规定的手续，把铁水、渣子和焦炭都铸在炉里，结成一个大疙瘩。国民党来了，起初也想把它修一修，特别请来一个美国工程师，那家伙戴顶草帽，拄根拐杖，绕着高炉转一圈，就摇摇头说：‘一堆废料，还修什么？不如上美国买盘新的。’兔崽子们都弓身哈腰，连忙应声说：‘对，对，不如去买盘新的。’直到如今，新的还不见影子。”

大家从炉后下了出铁场，走到热风炉旁的铁梯子下边，刘政委说：

“走，我们上炉顶看看。”

陈德林忙说：

“起风了，别上去了。”陈德林看着路边微微抖动的树枝，估计炉顶风很大，政委的单弱身体受不了，劝他不上去。刘耀先哪里肯听。他早踏上陡峭的梯级了。李大贵跟在他身后，陈德林也只得跟上。身体略显肥胖的司机老姜摆一摆手说：

“我不上去了，到那边去等你们。”说完走了

陈德林冲他背影说：

“快躲进车里去吧，你这懒蛋。”后面一句话，陈德林是小声说的。他估计着对方听不见。

又刮大风，越往上去，就越发寒冷。北风呼呼地吹在他们的脸上，像小刀一样地扎人。他们的头冷得发蒙，嘴也冻乌了。刘政委紧紧地裹住大衣，腿脚还是不停地哆嗦，握住铁梯扶手的有些汗气的手掌，一眨眼，就冻结在上面，好像给浆子粘住了似的。

他们到了炉顶平台上，站在铁栏边，一眼望去，冰封雪盖的山河，显得清澈、新鲜和壮丽。刘政委忘了寒冷，贪馋地只顾往四外瞭望，东南是一片茫茫的积雪的平野，远远近近，参差地点缀几个小小的村落，几片光秃的树林；西北是一派连山，它的戴雪的群峰，插入了灰暗迷蒙的天表；正西面，工场、高炉、焦炉、发电所、变电所、瓦斯库、烟囱群、电杆林、赭红的矿石和漆黑的煤山，像棋局似的散布着。此外，还有两个湖泊似的大水池，一条大河从西北的山岭下奔来，顺着石头山的西麓，弯弯曲曲往东方流去。水池上和大河上的冰雪，在太阳里，亮晶晶地闪着晃眼的强烈的光辉。李大贵望着大河道：

“人家说，要是修起三高炉，这条河的水就不够使了。”

刘政委笑道：

“那还早，现在第一着是恢复这盘炉，就是这样，我们也会碰上好多的困难。”

李大贵道：

“困难少不了，技工不够，器材也缺。”

风越来越紧，小陈三番五次地催促，大家只得下来了。

坐在车上，刘政委的心思沉浸在工厂恢复后的种种热闹的、辉煌的光景里。车子在高低不平的道路上奔跑，猛一下子，跳过一个大土坑，车子蹦起半尺高，满车的人一齐给抛起，刘政委的前额撞在车篷的铁棍上，把他从想象里惊醒。他心里盘算：“为了修复高炉，我们首先要铺平道路，要在政治上和思想上做许多工作。”

到达办公厅门口，大家下了车，就分手了。刘政委回到代表室，连忙走到办公桌旁边，拿起电话机。

五

“喂，余慧同志吗？晚上的会在哪里开呀？知道了。我同意开扩大会议。好吧……”

晚上八点多，人们渐渐来到办公大楼的会议室。这是一间大房子，五盏白罩大吊灯全都拧亮了，照得全屋溜明崭亮的。东墙挂了一幅毛主席油画像。铺着素净的白桌布的长方桌子上摆着许多红花茶杯、蓝花烟灰盘和红花绿叶的盛烟卷的瓷碟子。

早到的人，有的点起了烟卷，有的倒茶喝，有的聊闲天，也有一些人正在谈工作。

余慧坐在沙发上，手里端着杯茶，正跟施真谈青工的组织。经过几天的接触，施真很敬重余慧。从她的谈话、主张和行动里，他看出她是一位经过一些锻炼的、刚毅的、有见识的女性。她的细长的眉毛下边的一双漆黑发亮的大眼睛流露着一种洞察事物的聪明。她的打扮朴素而整洁。剪短的头发的左鬓的一绺用两个夹子随便地夹着，使它披向后脑，不致散到额上来。她穿一套灰布棉裤袄，因为棉花铺得薄，虽说是经历了两个冬天的旧衣，但还是显得很合身。

施真听陈德林说，余慧的爱人是部队里的一位两次负伤的团长，名叫张忠。两个人感情很好，但因为工作关系，常不在一起。她自己到过延安，住过抗大，后来又到了前方，打起枪，打过仗，她和张忠是在炮火硝烟里认识、恋爱和结婚的。往后，在土改时期，她做过山西某县的县委书记。这些都是使得施真敬重和佩服的地方。

九点差十分，刘政委带着李大贵来了。他跟张瑞说了几句话，就走到余慧前，说道：

“介绍一位工人同志到你们组工作。”

余慧问是谁，刘政委指指李大贵，笑道：

“就是他，你看行吗？”

余慧连忙伸出手笑道：

“我们见过的，李师傅。”

刘政委在旁边打趣：

“她管你叫李师傅，你该叫她张太太。”

余慧忌讳人家叫她夫人或太太，这时她笑道：

“大伙听听，我们都得跟刘政委学习，他爱人来了，别叫同志，叫她政委夫人，或是代表太太吧。”

刘政委笑笑说道：

“也行。”

余慧说：

“你们男同志，都一脑瓜子的封建思想。”

刘政委忙道：

“这算什么封建思想？你不是张忠的太太，是他什么？”

“同志。”

“和别的同志没有什么不同吗？”

“没有什么不同。”

“没有什么不同？我问你：现在想不想张忠？都是同志，干吗光想他？”

余慧红着脸，撇一撇嘴说：

“我才不想呢。”

刘政委道：

“不想，三天两头偷偷给张忠写信，这叫做不想？”

大家都笑了。余慧不好意思，却也不反驳。她实在是常常写信的。刘政委看了看手表，已经到点了，人也来齐了。他忙叫大家停止说话，宣布开会了。在讲话中，他首先赞扬工作组用探穷访苦、扎根串连的方式，发现了一批积极分子，打好了工作基础。随即说明这工厂很大，连职工，带家眷，有上万的人，用农村工作的老方式，不能迅速广泛发动全厂的群众。他提议办个训练班，成批地培养工人，来适应大企业的需要。临了，他征求大家对他提议的意见。他的眼光落在余慧的身上。余慧知道刘政委提出的意见是经过慎重周密的考虑的，就附议道：

“对，我同意办训练班。”

桌子东头有个人用低沉的声音说：

“好是好，没有教员可怎么办？”

刘政委一看，说这话的是接管组的组长许文，就答复他道：

“大家凑合凑合，我看也能对付了。”

张瑞笑着插嘴道：

“要是刘政委也能教课，是最难得的了。”

许文又问：

“没有教材怎么办？”

刘政委笑道：

“你念过大学，入党八年了，还不能编一点儿讲义？”

“我没有工夫。”

“我知道你没有工夫！你和几个旧职员成天泡在一起，不先在政治上影响他们，却轻信他们的不切实际、好大喜功的主意，正在计划炼钢厂的扩建工程。现在还早呢。我们第一步是恢复和利用现有的设备。千羊在望，不如一兔在手。我们应该实际点，许文同志。”

许文脸红脖子粗地问道：

“我们办工厂，难道不要计划吗？”

刘政委从容回道：

“计划当然是要的，但如果是不从实际出发的好大喜功的计划，就不能要，你看现在工厂是什么样子？人事、设备，都乱七八糟，怎么谈得上扩建？”

许文还要说话，余慧起身岔断他：

“许文同志，我们今天是谈训练班，你的问题，搁到以后开个专题会议讨论吧。现在我赞成刘政委的提议——办训练班，你同不同意？”

许文还是在生气，没有作声。全场干部，除了许文，都跟余慧一起，拥护刘政委的主张。会议决定利用工厂行政旧机构，召集工人，学习七天。会上拟就了课程，并且决定由刘耀先、余慧、张瑞和施真担任教员。新从华北联大调来的代表室秘书吴宇，总揽教务和总务。刘政委看到许文一个人坐在长桌的一端，满脸不乐意，就用温和的语气跟他商量：

“你还是教一点课吧？”

许文顺口回答：

“我服从组织的分配。”

散会以后，人们连夜忙着去准备教课的事。许文回到宿舍里，走到床边倒头就睡了，说是脑袋痛。

刘政委回到代表室，坐在办公桌前的转椅上，想准备讲义，才摊开书本，公安科长高俊就来了。两个人坐在桌边，密谈了一会儿，就召集厂警队、消防队、公安保卫各单位的负责同志举行会议，研究机构的建立、人员的配备，以及加强侦察等事项，直到天亮才散会。刘政委没有到宿舍里去，和衣歪在代表室的沙发上。吴宇作了一夜的记录，现在也伏在桌子上打盹。

这时候，大礼堂里哩哩啦啦来了二三百工人。办公厅的微暗的走廊的墙边，搁着好几十辆自行车。工人们有的坐在长长的板凳上，有的靠着低低的窗台，还有少数人坐在自己带来的被包上，脸上显出不安的神色。尽后头的人们都在小声地谈话，或是大声地吵闹。屋里发出一片嘈杂的声音。余慧站在讲台上，看见许多人的五颜六色的被包，忙问站在近边的瓦工邹云山：

“他们带被包干吗？”

邹云山也不太清楚，笑着信口回答道：

“准是想在这儿过夜了，都听说，咱们的会都是开得老长的。”

余慧仔细一看，带被包的，尽是年轻小伙子，正在诧异时，施真跳上了讲台，右手拿一段铁丝，当做指挥棒，说要教大家唱歌。礼堂里立即鸦雀无声，工人们都望着台上。施真一面挥动指挥棒，一面唱道：

大清河呀大清河，
大清河北血泪多，
从前鬼子凶似狼，
往后来了坏老蒋，
修盖岗楼拆民房，
大清河人民泪汪汪。

歌声凄婉，带着民谣的纯朴而节奏分明的风格，字字吐得清楚，句句听得明白。工人们说是好歌。家在大清河沿岸的人们，一边听着，一边想起家乡过去多年的灾难，都掉眼泪了。同时也有一帮人躲在角落里，人身后，做鬼脸、瞎吵嚷、嗑瓜子、抽烟卷，有一个调皮的家伙，把一个烟卷盒子，吹得鼓鼓的，放在手掌上，使劲一拍，发出一声炮仗似的爆响，周围的人吓了一跳，有的咒骂，有的却说：

“好家伙，再来一个。”

人声越来越嘈杂，秩序大乱了，有两个家伙竟在后面摔起跤来了。余慧接过施真的铁丝，在讲桌上抽了几下，高声唤道：

“工友们，看你们闹成什么样子了？工人阶级是最守纪律、顶有秩序的，你们这样，真是不好。”

余慧才住口，北边窗口就有人叫道：

“这算什么？赶集吗，还是怎么的？”

余慧一看，说这话的是车工伍永和。接着，前排又有人回身冲大家粗声地嚷道：

“谁再叫唤，把谁捆起来。”

这是电工谷德亮。他一边说，一边真掏出腰绳来，就要动手，余慧连忙制止了。看见工人也有说话的，大伙才平静一点儿，个别坏家伙悄悄躲进人群里，不敢再露脸。余慧作了“劳动创造世界”的报告。

吃过晌午饭，余慧和工作员们把工人编成了二十个学习小组。选出组长以后，就分组讨论。余慧参加了摔不死谷德亮的小组，半点钟里，组长以外，二十来个人没有一个开腔的。摔不死急得头上直冒汗，忙说：

“都怎么了？头晌大叫大嚷的，这会子，都成哑巴了？”

没有人作声。

接着，他又劝道：

“说吧，说吧，别扭扭捏捏，蘑菇时间了，咱们还要干活呀。”

还是没有人开口。大家悄声没息，束手束脚地坐着，你看看我，我瞧瞧你，露出不安的神色，也有一两个人，脸上现出了隐约的快意。余慧一看风势不对头，低声嘱咐谷德亮：

“你好好掌握，我走了，再等一刻钟，要是没有人发言，就宣布散会，往后再说。”

余慧回到办公室，从工作员们的口头汇报里，知道别的小组情形也都差不多。她想了一想，果断地说：

“你们分头去通知各组，甭讨论了。”

工作员们走尽以后，余慧沉思了一会儿，就离开办公室，来找刘政委。刘耀先正在翻看许文清点设备的汇报，抬头看见余慧走进来，显出愁眉锁眼的模样，就问：

“怎样？有什么事吗？”

余慧坐在沙发上，把训练班上的情景，一五一十叙述了一遍。刘政委想了一想，说道：

“得怨我们自己准备不充分。张瑞呢？他怎么说？”

“他不在，到骆驼山区委会开会去了。”

“李大贵呢？”

“也不在，许文拉着他清点去了。许文自己不热心也罢，还把我们的人拉走，太本位主义了。”

刘政委说：

“在党的小组会上，你们可以批评他。现在先别管这些，我们来研究一下训练班的暗礁在哪里。”

余慧说道：

“李大贵可能清楚。”

刘政委叫陈德林去请李大贵。

接管组正在废料库里清理器材。李大贵满身满脸满手尽是赭红的铁锈。他一边翻检，一边咒骂国民党。陈德林透过飞扬的尘土，找着了他。听说是刘政委叫，他连忙掸掸身上的灰土，走到屋外的墙边，拧开自来水截门，用凉水冲了冲手脸，用衣袖揩干，才跟陈德林赶到代表室。见了刘政委，他的嘴里还在嘀咕着：

“兔崽子们把新买的机器当废料，到处乱扔，都锈坏了，废料库里，好好儿的电滚子就有十来个。还有……”

刘政委岔断他的话：

“先别提机器，人也长锈了，我们还顾不上机器，得先清理人。”他叫余慧把训练班的事，从根到梢，告诉了李大贵。临了，余慧问道：

“小组会上，也没有人开口，你知道是怎么一回事吗？”

李大贵笑道：

“会上没有人张口，会外嚼舌头的人可是不少。新镇又起了谣言，说是拔兵了。”

余慧笑道：

“怨不得有人带行李卷来开会。”

李大贵接着又道：

“人们还说，妇女都得去侍候伤兵，新镇好些人家的姑娘，都走亲戚了。”

余慧插嘴道：

“他们今天怕，明天想来，还得考呢。”

刘政委问李大贵：

“你还听到什么话来着？”

李大贵道：

“也有些人私下里议论：拔兵倒不担心，就怕站不长，这世界是个没把的勺子，今天这样，明天还不知道怎么样呢。”

刘政委忙问：

“这话谁说的？”

李大贵回道：

“外号大洋马的铆工赵东明，平常顶爱上卦摊。”

刘政委想了一想道：

“这人我好像见过。他人怎么样？”

“也是个实心眼的地道的好人。”

刘政委道：

“他是好人，问题就更微妙了，说明反革命活动猖獗，好人也受了骗了，这工厂是阴气往上升，阳气压不住。”

刘政委随即召开了一个紧急的干部会议，叫李大贵也参加了。在余慧的鼓励下，这位浓眉大眼的钳工还说了话。他头一回在干部会上发言，脸涨得通红，胸口像揣个兔子似的，突突地跳个不停，他提的材料确实而具体，只是说话啰嗦，还有点乱，废料库里的印象使他永远忘不了似的，刚谈到胡殿文，又扯上电滚子，引得人们都笑了。他说：

“……国民党兔崽子们把电滚子东扔一个，西撂一台，都锈坏了。没有电滚子，大小机器都不能动弹，没有电滚子，咱们都得回家抱孩子去啦。”

李大贵还要往下说，刘政委看了看手表，打断他的话笑道：

“我说老李，时候不早了，你先放下电滚子，我们得把训练班的事结束一下。”

他转脸对大家继续说道：

“根据各方面的反映，这工厂邪气太盛，正气不伸。光宽大不行，必须镇压一两个罪大恶极的反革命首要，才能把邪气压下。大家想想看，应该怎么办？”

刘政委抽着烟卷，稍稍停一会儿。人们分成几小堆，酝酿一阵，就继续开会，随后通过了两项决定：一是由刘政委作一次时事报告，一是开个诉苦会。余慧问道：

“不上课了吧？”

刘政委道：

“课还得上，不讨论了。每天下午，你们分头准备诉苦会，这回得准备充分，不充分，会就不必开。”

大家又密议一阵，斗争对象定了胡殿文，刘政委叫工作组和公安科都集中全力搜集和研究这个伪工会主任的材料。刘政委又把派往张万财家监视胡殿文的工作员汇报的情况告诉了大家。

每天上午，训练班在大礼堂里上大课。年轻工人知道不拔兵，都不再带被包了。刘政委讲“中国革命与中国共产党”，内容丰富而生动，引起了工人的兴趣。车工伍永和反映：“军代表的话叫人明白了道理，增长了见识。”张瑞讲“将革命进行到底”，也受欢迎。工人知道他是本厂的炼焦工人，又是地下党员，对他印象特别好，平日谁也不佩服的摔不死谷德亮也说：“老张真棒，说的话句句中听。咱们一定要革命到底，谁不到底，就是王八。”许文讲“工人阶级的任务”，事先没有充分的准备，引证的材料没有在自己的脑子里完全融化，每回上课，总是夹一大包书，讲一阵，就翻开书本朗诵一大段，工人好多听不懂，又不敢说不懂，怕人家嘲笑：“连‘工人阶级的任务’都不懂，这算什么工人阶级呢？”可是，时间久了，人们有些异样的生理的和心理的现象是掩盖不住的。他们有的用手捂住嘴巴打呵欠，有的低下头，点上烟，窝起巴掌遮着抽。大礼堂外的茅房里也特别热闹，这批走了，那批又来，一路上接连不断，有一些人是并没有上茅房的急切需要的。许文同志一来眼睛有一点儿近视，又不戴眼镜，二来全神专注在书上，这些现象，一概都没有发觉，只顾讲他的。大洋马赵东明倒是恭恭敬敬，老老实实，从头听到尾。下课以后，他对大家发表自己的感想：“许同志学问真大，讲得多好，可惜咱们大老粗这个耳朵听，那个耳朵就冒了。”

一月十一日，天气晴朗，窗外刮小风，把光秃的榆柳枝条刮得轻微地摇摆。工人听许文的课，正闷得慌，有好些人远远躲在后面抽闷烟，忽然，从新镇传来一片锣鼓响，大伙张着耳朵听，更无心听讲。门边的几个工人偷偷溜走了。锣鼓声越来越响，里边还杂着欢呼。工人都站起身来，拥到窗前。刘政委出现在门口。他满脸挂笑，从容不迫地跨上了低矮的讲台，跟许文笑着小声说了两句话，就对大家说：

“工友们，报告一个好消息，中国人民解放军第二、第三野战军在淮海地区，打了一个大胜仗，六十四天，歼灭蒋匪美械精锐五十万。这是毛主席的战略思想的又一大胜利，也是中国人民的大胜利。现在，长江以北，大股蒋匪肃清了，北平解放也快了。”

刘政委说一句，工人鼓一阵掌，说到头，掌声响到头。窗外锣鼓更近了。大伙拥着刘政委挤出大礼堂。里里外外的两股巨大的人流汇合在一起，欢呼，拍手，叫口号，闹成一片。有个小伙子，不知从哪里弄来一把粉红的纸片，把它撒在刘政委身上，他的白兔皮军帽上，草绿色大衣上，都粘着星星点点的粉红的碎纸。

群众兴奋地闹了一阵，就唱《东方红》和《八路军进行曲》，有一些人扭秧歌，有一些人围着锣鼓，欢笑、叫好和鼓掌。

骆驼山乍一解放，工人都痛快极了。这些天来，大家被谣言闹得昏头涨脑的，憋得够呛。胜利的大风刮过来，谣诼的乌鸦敛翼了，工人们又都快活到极点。秧歌停息后，又来了各种各样的临时凑成的节目。李大贵也用他的微微嘶哑的、不很高明的嗓子，唱了一小段河北梆子。

淮海报捷的第二天傍晚，余慧到代表室汇报，紧接着，张瑞、施真也来了。刘政委听完了汇报，就问道：

“明天有几个人发言？”

余慧答道：

“十二个。”

“这么多呀。他们的材料怎么样？”

“牛福山的最生动，李大贵的也行。”

刘政委忙问：

“牛福山是谁？”

余慧回说：

“是李大贵的徒弟，一个清清秀秀、身体单薄的小伙子。”

刘政委又问：

“都有发言提纲吗？”

余慧说：

“这可是没有准备。”

刘政委道：

“这是诉苦会，也是斗争会，敌人是很狡猾的，谁发言都不能丢三忘四，去头落尾，给敌人留空子。你们快分头去帮他们准备提纲。”

徐慧笑道：

“这可不好办，都不识字，李大贵倒比大家强一点，念过一年书，但要他写点什么，他就摇头：‘不成，叫我使个榔头、看个图纸什么的，马马虎虎，还能对付。要我提笔，这手就不听话了。’他的材料倒是实在的，我们打算叫他担任重点发言人。”

余慧才说完，吴宇反对道：

“他不成，太胡闹了。”

吴宇提起一件事。前天在第一宿舍开工作会议，夜深了，大家有点困，李大贵用一根纸捻伸到施真耳背上，轻轻搔了两下子，老施正在打瞌睡，迷迷瞪瞪，只当什么虫子爬上了，吃了一惊，蹦跳起来，还没有完全清醒，慌忙用手满脑袋乱搔，全堂大笑，李大贵自己也笑弯腰了。

张瑞笑道：

“有这回事。这倒不要紧，老李顶爱逗乐子，可也能严肃，就是脾气大，性子暴一点。动力部工人说他‘像个直炮筒，一点就着’。叫他发言，就怕一冒火，就挥动拳头，把有理闹成没理。”

刘政委笑道：

“这也不要紧，青年人谁没火性？叫他注意控制就行了。我同意他做重点发言人。不过，”他笑着说道：“你们都还记得吗？在前几天的干部会上，他才谈到胡殿文，舌头一滑，又扯到废料库里的电滚子上去了。”他转向余慧，继续说道：“你得好好地帮他准备，要不，小心他说到要紧处，又提起电滚子来了。”

余慧笑着答应：

“知道了。”

大家又商量了一阵，就散会了，余慧刚要走，刘政委又叫住她问道：

“李大贵还没有车吗？”

余慧回道：

“没有。”

刘政委想了一下，就吩咐道：

“工作组腾出一辆车给他，他一天来回要跑二三十里。”

余慧回道：

“先用我的吧。我从宿舍到办公室，只有半里路，不用骑车。”

六

下午，黄灿灿的阳光，透过大水池上的腾腾的雾气，斜斜地映照在大礼堂的玻璃窗上，窗上的冰花发出晃眼的、美丽的虹彩。大礼堂里，讲台正面墙壁上，新挂一幅毛主席的大画像。讲台上摆着一排木椅子、两张长方桌，正面的一张是讲桌，斜放的一张就是记录席。台下挤得满满当当的，两边窗子的低低的木头窗台上，都坐着人。今天到会的，除了职工，还有家属。妇女们有的明白是干什么来的，有一些人，稀里糊涂，看见大家来，自己跟着来凑凑热闹。有个女人夹条麻袋，抱个小孩子，也来参加了。挤到门口，往里边一望，她失声叫道：

“唉呀，门都堵住了，叫人怎么进去呀？”

她放下麻袋，坐在门边一条小板凳上，揭起开花红棉袄，把奶头塞进哭闹的孩子的嘴里。

李大贵骑着余慧的一辆半新不旧的自行车，兴兴头头赶来了。他把车子搁在走廊墙边上，扣上链子，喜眉笑眼走过来。看见进不去，他就坐在奶孩子的女人旁边的凳子上，从衣兜里掏出烟卷。女人认识李大贵，瞅着他问道：

“二哥，多咱发放呀？”

李大贵瞪着眼睛反问她：

“发放什么？”

“粮食。”

“才发过不久，谁说又放了？”

“炼焦部的史领班说的。”

“听他胡说，回头开完会，你问他要去。”

“老李，这儿来。”

听到这熟悉的声音，李大贵往里一瞧，张万财从许多人的肩膀头间露出脑瓜子，笑着招呼他过去。翻砂匠坐在门里西墙边的一扇窗户下，给李大贵让出了一个空位。李大贵连连地说着：“劳驾，劳驾！”侧着身子，从人群里使劲挤进去。才坐下，张万财就附在他的左耳边，悄声问道：

“今儿有什么事呀，到处站着岗？”

李大贵小声说道：

“开诉苦会，也是斗争会。”

“斗争谁？”

“胡殿文。”

“这家伙是个马蜂窝，你可别招他。”

李大贵没有作声，心里想：“我正要整他。”他当然明白，胡殿文嘴甜心毒，背后还有一帮人，是惹不起的，又想：“有共产党做主，刘政委撑腰，怕他什么？”但无论怎样，他的心还是不停不息地突突往上撞。他也时不时把手伸进棉袄兜里，摸摸余慧帮他准备的发言稿子，看在不在。

刘政委带领余慧、张瑞、许文、高俊和施真来到了。他们坐在讲台上的一排椅子上。吴宇带着记录本子也来了。他坐在斜摆着的桌子边，拿出了钢笔。余慧走到刘政委面前，合计了一会儿，就到讲桌边，宣布开会。她简单地讲明了开会的意义，接着，工人们一个一个站起来说话。有人回忆混合面：日本鬼子把橡子、谷壳和花生壳磨成的混合面，配给工人，吃了拉稀。看到拉稀的，鬼子说是虎列拉，横拖竖拉，整到厂外白灰坑带气埋了。有人想起取缔系里的非刑：上了电以后，满口牙齿，颗颗松动了。有一个人控诉国民党反动派，趁他上班时，把他老婆拉到山上的碉堡，她挣扎，哭骂，他们用刺刀把她挑了。他们的话引得满屋的人都想起了过去。门口奶孩子的女人说：“我们的苦水，像海水一样深，吐也吐不完呀。”说着，忙用袖子擦眼窝。礼堂尽后面，又有人说话。这人站在靠后头的人群里，个儿又小，前面的人看不清。李大贵听到声音，知道是他徒弟牛福山。台上，余慧从人们的头顶望去，看出是他，连忙招呼道：

“到前面来说吧，小牛。”

人们闪开一条小胡同，让牛福山走到前面。四面八方，所有的人的眼光都集中在他的身上。他是一位清清秀秀、身体瘦瘦的小伙子，才满十八岁。他找到解放军的一枚小小的铜质纪念章，把它端端正正别在蓝布鸭舌帽子的前面，作为荣耀的装饰。他跨上讲台，往东一瞅，看见了仇人。他又气又急，脸涨得通红，半晌说不出话来，两手哆嗦了。余慧在他身后小声说：

“沉住气，慢慢地、平心静气地把理说清楚。”

小牛开口了，起初结结巴巴，不大一会儿，他说得简单、流利、沉痛而愤慨，胳膊也在空中随意挥动了。他说：

“我是这近边的人，爹早死了，一家三口：妈妈、姐姐加上我自己。姐姐出阁了，剩下娘俩。祖上留下四亩地，自己种着。鬼子修兵营，把地圈去了，那时候，卖也得卖，不卖也得卖。给了一万，这个价钱，比当时的市价低百分之八十。特务警察，又百般敲诈，到手只剩五千整。不料为这五千块，险些要了我的命。

“一天，特务狗腿跟鬼子山田，到我们家来，把我抓了。临走时，我妈说：‘孩子你走吧，咱家没做缺德事，老天爷是有眼睛的。’

“走了几步，我回头望望，妈傍着门框，在哭呢。我的心像刀割一样。

“他们把我押到取缔系，就是现在消防队住的那座房子。那时候，这个地方就是阎王殿。他们把我一拳加一脚，踢打进去。

“我一进去，头发蒙，脚也发软，就坐在身边一条凳子上，山田使大皮鞋踢我的脊梁，叫我站起来，把上身脱光，里屋出来一个中国人，他就是……他就是……”

小牛往东瞟一眼，看见他的仇人坐在人堆里，一点儿不慌张，脸上挂着笑，小牛又抬眼看看，窗边、墙角有好些人威胁地瞪眼瞅着他，他知道这些都是伪工会的人，他的仇人的朋友。他吞吞吐吐，不敢说下去。余慧催促他：

“说呀，怕什么？”

有余慧撑腰，小牛又开口，但还是没有说出那人的名字，只说事实：

“那人拿起一条皮带，抡圆了，没上带下，啪啪啪地使劲抽。那时我才十四岁，抽得皮开肉绽，浑身流血，我喊叫，我哭，那时我年纪小，虚岁十四，实足年龄还只有十三，我不知道在敌人跟前哭是软弱的。这会子，在共产党的领导下，我明白了。这会子要是叫敌人打了，我死也不哭。”

台下，电工摔不死谷德亮叫道：

“这会子谁敢打你？谁欺负你，只管来找我。有我们，你还怕什么？”

他的旁边，铆工大洋马赵东明忙道：

“别打岔，叫他说下去。”

小牛接着说：

“他们打得手累了，停下歇歇。那个中国人，我说他是中国人，真太客气了，他实在不能算是中国人，他住了手，凶神恶煞地问我：‘你的钱都买什么来着？说吧，给八路军买什么来着？’我说：‘我没买什么。’话没落音，那家伙把眼一瞪说：‘好，你不说，会有你的好处的。’叫我伸开两胳膊，几个大汉过来压杠子，压得我呀，直叫妈妈。妈妈哪里能听得见呢？不听见倒好，要是听见了，她还得早死几天。

“我一径没有说什么，没有口供。紧跟着那家伙又拿出一条大板凳来，斜着放在屋子的中间。几个人把我掀翻，使根粗麻绳捆在凳子上，头上盖块布，叫我张嘴。我不张嘴，山田跟那家伙就拿大皮鞋踩我的肚子，嘴一张开，就灌凉水，灌下一木桶，只觉得云天雾地，什么也不知道了。醒过来时，才知道我被他们摔在里屋洋灰地板上。我擦干眼泪，望着窗子，想起妈妈来，她该多么着急呵，是不是还靠在门框上哭呢？

“第二天，又是灌凉水，想想我还只有十四岁，实足年龄还只有十三，哪里经得起？哪里受得了？这回灌死五个多钟头，肚子鼓起来，像个大篮球。

“特务汉奸第三天还是灌我，这回灌的辣椒水，呛得我呀，嘴巴里，鼻窟窿里，都喷出血来。

“他们上我家里去讹诈，我妈交出那五千块钱来，那家伙数了一数，就说：‘光这点吗？你把那一半给八路军都买什么来着？’逼得我妈卖东当西，连炕上的席头也卖了，凑足一万，才把我赎出。我一回家，家里铺的盖的，穿的戴的，桌椅板凳，锅碗瓢盆，什么都没了。粮食一颗也不剩。娘俩只好出门去，干什么去呀？不怕你们笑话，是挨门靠户地去要饭去。那年正吃混合面，谁给呀？有一天，正在野地里走着，妈妈说：‘眼发花了。’她一下子坐在小路边，喘着气说：‘孩子，妈不济事了。’说罢，就倒在地上，眼皮睁不起，饿得嘴巴一张一张的。一会儿，嘴巴不张了，我扑倒在她的身上，叫道：‘妈妈呀，醒醒吧，睁开眼来看看福山吧。’她的眼睛再也睁不开来了。可怜我的妈妈，就这样地活活饿死了。我央告四邻，帮我料理妈妈的后事，没地方埋，自己的地给日本人圈了，山是人家地主的，不叫埋，只好葬在河滩上，大水一冲，影儿也没啦。”

他说着，用手捂着脸痛哭，引得台下的妇女都呜呜咽咽地哭了。门口奶着孩子、带着麻袋来领粮食的女人哭得更响，热泪落在怀里孩子脸颊上，孩子一惊，也哇哇地哭了。小牛擦干眼泪接着说：

“不到一个月，把我整得家败人亡，同志们，乡亲们，是谁整的呀？我妈是谁害死的？”

台下有好几个人同时应声道：

“是万恶的日本鬼子。”

“是狼心狗肺的特务。”

嚷了半晌，没有一个人提出具体的人名。李大贵急了，人家哭泣时，他没有流泪，他不大爱哭，正像张万财说的，他的眼泪窝子深。现在，他憋不住了，蹦跳起来。张万财冷眼看见，屋犄角，人背后，都有伪工会的人，连忙悄悄拉扯李大贵的棉袄的后襟，李大贵没有理会，也许压根儿没有觉着。他挤过人群，冲到讲台的跟前，向大家发问：

“谁整得小牛家败人亡的？他妈是谁害死的？就是他，就是这混蛋。”他指着屋子东面的墙边。

电工谷德亮怒气冲冲地嚷道：

“叫他站起来，给大家瞧瞧！”

车工伍永和也说：

“把他揪出来，给我们看看！”

后面，许多人一齐喊道：

“把他捆起来！”

“把他揪出来。”

“狗日的特务，还坐在那里，装人样子！”

“揍他狗日的。”

声音连成一片，嚷到后来，有叫打的了。伪工会的人看见这威势，有的低下头，有的走到后门边，准备溜了，张万财把这一切都看在眼里。公安科长高俊看见群众发动起来了，连忙对公安员小王使了个眼色，小王就到东墙边，把那个人引到讲台上，大家一看，这个肥头大脸的家伙，不是别人，就是伪工会的主任胡殿文，台下人声登时平息了一半，人们有的怕事，有的抹不开，都不作声了。张万财留心一看，那些本来低下头的人，如今又抬起头了，溜到了后门边的一群人，也都回来了。胡殿文的大脸原是铁青的，现在又转红润了，他清清喉咙，想开口似的。局面变得微妙而紧张。施真有点儿发慌，许文心里也没有把握，外表上却故作镇静。张瑞知道胡殿文有一帮子人，也怕会发生意外。这样的场面，余慧是见过不少的，她一点儿都不慌乱，只是很生气。在她心眼里，特务、汉奸和叛徒，都是没有人性的，她含怒地、轻蔑地瞪眼看着这个身材肥短的厚嘴唇的家伙。高俊注意了台下人们的动静和胡殿文的脸色的变化，连忙起身，挤到大礼堂外面，找到了公安保卫科的负责人，紧急地商量了一会儿，加强了礼堂内外的警戒以后，他又走了进来，好像没事人似的，安静地坐在椅子上。刘政委知道高俊干了什么，对于会场的秩序，十分放心。他拧着眉毛，正在思索。他想，要把胡殿文整掉是不费力的，只要一条麻绳，或是一副手铐就够了。问题在于通过这次斗争会，工人的政治觉悟是不是能提高一步？这会前半开得还不错，往后怎样呢？要是这个僵局打不开，下一步棋，该怎么走？

正在这时候，台下骚动了，李大贵忽然挤过人群，跳上讲台，扑到了胡殿文身边，抡起拳头就要打，小王连忙拦住了。李大贵退后两步，一手叉腰，一手指着胡殿文的惊惶的胖脸，气喘吁吁地冲大家喊道：

“凶手就是他，就是这家伙……”

由于激动和慌乱，加上火气太旺盛，除开这两句，他一时想不出别的话来，余慧使了个眼色，他才想起发言稿，慌里慌张，把手伸进衣兜里，代替发言稿，掏出一条黑脏的手绢，他只得索性不去找它了，随着自己，想起什么，就说什么。他把手绢放进衣兜里，开始控诉着。因为发怒，他喘不过气来，常常断断续续的，里边还夹杂些粗话：

“他胡殿文，这杂种 × 的。”他说到这里，停了一下，缓一口气，用手背揩揩额上的汗珠。

胡殿文看着李大贵慌慌忙忙的样子，冷笑道：

“大伙听听，他的嘴上多干净。”

李大贵没有理他，继续说道：

“吃混合面那年，工人家家户户都困难，银顶街天天有饿死的人，他胡殿文还是跟鬼子一起，把克扣下来的工资，一把一把地胡花。”

听他说的是实在的情形，胡殿文声音低了一点儿，却还是问道：

“你别混说，有什么证据？”

李大贵听到胡殿文的声音低了一些，知道他的心怯了，大声对大家说道：

“这儿方圆三十里，谁不知道他是山田的朋友，山田是日本宪兵队特务，他胡殿文是宪兵队密探。有一天，两个家伙把一个过路的姑娘架进了小东门的碉堡，足足有两个钟头，才放出来，这姑娘披头散发，哭得像个泪人儿，后来，就投河死了。”

胡殿文脸色在变化，由红润转为灰白，慢慢地变成铁青。他心慌意乱，头脑发蒙了。李大贵提高嗓门说：

“他胡殿文，这杂种 × 的……”

胡殿文昏头涨脑地顺口重复他先前的那句问话：

“有什么证据？”

台上台下，都笑起来了，摔不死谷德亮笑道：

“说你是杂种 × 的，还要证据，快问你妈去，她知道的。”

刘政委担心群众的情绪被搅乱，连忙站起来，严肃地说道：

“大家别打岔，老李，讲下去。”

李大贵又道：

“工人吃了混合面，喝了脏凉水，都闹肚子。倒霉的，给胡殿文碰见，报告鬼子，说是虎列拉，抬到白灰坑，带气埋了。他帮着活埋了两个。”

台下一片低泣声，都想起了那些悲惨的日子，李大贵停了一会儿，才又说道：

“工友们，他还算人不算？那时候，这儿取缔系，就是阎王殿，他和山田就在这里边，不知干了多少黑心事，知道的工人都叫他‘五殿阎王’。”

台下，有人粗声叫道：

“对呀！”

又有人嚷：

“我们要报仇。”

刘政委连忙摇手道：

“听他说完。”

李大贵继续说道：

“他们把不顺眼的工人拖进取缔系，毒刑拷打，他们认为案情大的，就送石头山，那上面是鬼子的特务机关。小牛算是有造化，没有上去，要是上去了，早没有他啦。

“国民党过来，大家心里想：这个死汉奸，这下算是倒霉了，谁知一转眼，他又挎上了盒子，当了伪工会主任，照样祸害人，他装成笑脸，动辄说人通八路，经他的手，送进北平城，有去无回的，光银顶街有名有姓的，就有三位，新镇不知有多少。”

坐在门口的女人哭出声来了。她一个娘家兄弟，也被抓走了，至今没下落。

大家又听李大贵说：

“工友们，我们要不要报仇，要不要解恨？”他一面撸撸袖子，一面说道：“我打他狗日的，好不好？”

台下一片声嚷道：

“好！”

人们往前挤，一边呼喊着：

“揍他狗日的！”

“打死他。”

“叫他先跪下。”

李大贵，挥手打了胡殿文两个耳光，人们欢呼，叫好，接着一阵鼓掌。摔不死谷德亮叫道：

“二哥，别闪了手，使这钳子带。”他说着，解下腰上插着钳子的皮带。

早有一个人扳下一条板凳腿，扔到台上。这时候，欢呼声、助威声，像水浪一样，一波未平，一波又起。李大贵捡起板凳腿，又奔向胡殿文。才抡起，刘政委连忙上去用手拉住他胳膊，劝道：

“别打了，别打了。”接着又对大家说道：“按说，像他这样的肮脏货，用乱棍打死，也不为过。可是，我们还得追问追问，跟他算一算细账。大家的心情，我完全理解，看着这样的家伙，要不生气，实在也难。不过，现在，还是请大家忍着点，多提材料，回头我们一定按照大家意思办，要是同意枪毙他，我们子弹有的是。”

胡殿文挨了李大贵两下，脑袋耷拉下来了，听到刘政委劝人不要打，他又抬起眼皮来，眼睛里流露着希望，赶刘政委说到“要是同意枪毙他，我们子弹有的是”，他的心一惊，脑袋又耷拉下来了。刘政委催促李大贵：

“说下去吧。”

李大贵扔下板凳腿，走到讲台的前沿，想说什么，又想不到合适的话，由于激动，他出了一头大汗。用衣袖擦一擦汗水，他说：

“这一气，把话都忘了。就这么的吧，反正我提上的这些，够他几个死罪了。”

说完，他走下讲台，没有归原位，坐在小牛挤出来的一个空位上。紧跟着，还有十来个人说理，提出的材料，有重要的，也有不重要的，经历了这一番斗争，大家感到有些累。高俊跟刘政委小声商量了一会儿，就走到台前，从容说道：

“根据我们的了解，李大贵、牛福山和其他工友的控诉，都合事实。伪工会主任胡殿文是日本宪兵队的密探，后来又是国民党中统特务。解放以后，他拒不登记，还威胁人家，破坏登记。鬼子时代和国民党时代，他敲诈勒索，奸淫妇女，无恶不作，光是亲手杀死的和活埋的共产党员和本厂工人，有名有姓的，前后是五个。他的两只手沾满了人民的鲜血。大家说，对他该怎么办？”

从大礼堂的各个角落，前前后后，起起落落，上千个声音呼喊道：

“枪毙！”

“血债血还。”

“杀人偿命。”

高俊又跟刘政委低声商量了一会儿，就站起来，对大家摇手：

“静一点，静一点，听我说。现在，根据大家的意见，我们把他逮捕了，准备送到军管会的军法处，依法惩办。”

太阳落山了，人们拧开了电灯。在绵延不断的欢呼声里，余慧站起身来，宣布散会。

小王和另外一个公安员架着胡殿文，在人们让出来的一条小小胡同里，往办公厅的大门走去。人们有的跟着犯人走，有的落在他背后，七嘴八舌，纷纷议论今天的大会和李大贵的举动：

“老李真棒。”

“要不是他，这会算黄了。”

“就是说话粗一点。”

“那有什么？话糙理不糙。”

“一下轰倒一个大碉堡。”

“真是大炮。”

往后，李大贵就得到了“大炮”这外号。

随着人流，李大贵挤到门口，赶上余慧，他抱歉地笑道：

“上台心一慌，稿子也找不着了，说得乱七八糟。”

余慧紧紧握住他的手，笑着说道：

“很好，很好。稿子找着了，不一定能说得这样带劲。”

李大贵又和余慧拉拉手，兴兴头头地走了。在走廊里，找着了车子。他扶着车把，踏着脚蹬，正要骑上，张万财连忙挤过来，附在他的耳朵边，机警地悄声说道：

“会上的动静你看见了吗？得加小心呵！”

李大贵并不在意，一面翻身上了车，一面说道：

“刀把子抓在我们手里，还怕什么？”

张万财跟在车后走了几步，小声叮咛他：

“不能大意呀。”

李大贵回头笑一笑说：

“你太多心了。”

李大贵的车子不停地响着铃铛，离开了密集的人群，往二高炉房南面匆匆地驶去。过了二高炉，车辆行人，越来越少，路灯也稀了。再往南去，到了一片荒凉、僻静的空地，压根儿没有一盏路灯了。在微暗的星光里，他影影绰绰看见前面有个黑影子，往路边一闪，躲到空地上的一棵柳树下。看到这情景，李大贵想起张万财的话来，心里也有一点儿发慌了。但还是踏着车子，往前紧赶。才过柳树，从二高炉附近房屋的背阴处，“啪”地发出一声清脆的枪响，他哎哟一声，松开两手，撒了车把，车子顺势往南轱辘一段路，倒在地上，李大贵滚进了结着冰的路边水沟里。

远远近近的人们都给枪声惊动了。消防队当当地敲着警钟。两个公安员骑着车子，最先赶到了出事地点，他们一面朝柳树和屋角开枪，一面吹警笛。各个车间的站岗的战士都上好了刺刀。把守大东门、小东门和小西门的厂警，接到公安科电话，把门都关了。干部和工人一群一群地奔往打枪的地点，余慧、高俊、张瑞、许文和施真也都赶去了。

从大礼堂回到代表室，刘政委打电话给王团长说道：

“我们戳动了一个马蜂窝，请你们小心戒备，要害处加派双岗。”

才撂下话机，陈德林猛烈地把房门推开，门扇陡然鼓起的气浪，把窗户玻璃都震得轻微地发响。他气喘吁吁地叫道：

“政委，不好了。”

刘政委吃了一惊，随即镇定地问道：

“什么事？”

“李大贵死了。”

刘政委没有听清楚，连忙问道：

“什么？你说什么？”

“李大贵给人打死了。”

“谁？”

“李大贵挨了黑枪。”

“瞎说。”

他一面说，一面不知不觉地跟陈德林走出房门，奔到楼下。他忘记了拿帽子，光着脑袋往外跑。陈德林掏出了连枪，护卫着他。在送风室门口，他们碰到一大群工人，牛福山、张万财、赵东明、谷德亮和伍永和都在里边。他们急急地奔向出事地点。在明烁烁的路灯光芒里，刘政委清晰地看见：牛福山的眼睛里噙着两颗大大的、晃眼的泪珠。

七

余慧他们才跑到，刘政委带领一大群工人也都赶来了。四围半明半暗的，两位公安员拧开了电棒，两条强烈的光带在路上闪烁地移动，人们找着了车子，没有看见李大贵。刘政委焦急地问道：

“人呢？”

一个熟悉的声音清楚地答应：

“我在这儿。”

电棒的光芒搜寻着声音发出的地方。在两条明灿灿的光流里，人们终于看见了，离自行车不远，在路边的水沟里，有一个人爬起来，浑身泥水，这人正是李大贵。大家拥上去，李大贵一边用衣袖擦净脸上的泥浆，一边说道：

“可把我吓一大跳。听见枪响，我一哆嗦，就摔下来了。怕那家伙再打枪，我趁势滚进了水沟。”

看到他浑身上下，水湿泥糊，但没有受伤，脸上还带笑，大家放了心，都跟随他往回走。牛福山推着他的车子，走在最后面。公安员们跟高俊一起抓特务去了。

当天晚上，企业公安科逮捕了二十五个证据确凿、拒不登记的反革命分子。打黑枪的特务，慌慌张张想要逃出去，才到大东门，就给逮住了。

一月三十一日，北平和平解放了，捷音传来，工厂里开了一个热烈的庆祝会，刘政委和余慧都讲了话。工人们的心劲更高了。逃往城里的一些技术人员和他们的家属，连工程师杨子美的夫人在内，都回工厂了。

胡殿文抓走以后，公安员从他家里搜出两支卡宾枪和两百发子弹，工人都非常吃惊，又很愤慨，大伙拥去立刻把他全家撵走了。第二天，刘政委叫李大贵搬进了他的屋里。

两间精致的日本式的房屋，跟张万财住的屋是一个模样，只是墙壁更白洁，窗户更亮堂，纸隔扇完好无损。厨房和厕所也都很干净。李二嫂欢天喜地，逢人就说：

“这下不怕砖窑塌顶，把孩子压坏了。”她忘不了过去受罪的日子。

房里的“榻榻米”已经取掉。李二嫂在外屋搭了一铺大木炕，上面铺了一条半新不旧的花床单。她把方桌放在窗子跟前，把两个插着褪了色的红绿纸花的帽筒对称地摆在桌子上。低低的窗台上放着蒜头、烟管箩、一双没有做完的男人的鞋底和一盒油漆剥落的积木。

李二嫂正在用鸡毛掸子掸去桌上和墙上的灰土，张大嫂来了。这位穿着蓝布罩衫、青布裤子的中年女人是升子的干妈。她一面帮着收拾房间，一面闲聊着。谈到打黑枪的事，张大嫂悄悄地劝说：

“往后，你得叫他小心呵。”说话的口气，很像张万财。

“他才不听你的话呢。”李二嫂嘴里嘟哝着，叹了一口气，心里却对李大贵样样都满意。

分开了一个时期的两位老邻居，如今又搬到一起，往来更加亲密了。每天做完饭，洗完衣，她们常常一同坐在李家的窗下，或是张家的房里，谈唠着家常、工厂和街坊。也有的时候，两个人都一句话不说，只是默默地做着针线活，等待汽笛的鸣叫，盼着厂里人回来。

二月里的一个无风的下午，亮彻彻的瓦蓝的天空点缀着几朵雪白的、烟似的浮云，黄灿灿的阳光照着窗前的一棵小柳树，把宁静不动的阴影倒映在地上。张大嫂走亲戚去了。升子站在炕边玩积木。李二嫂一个人傍窗口坐着，正在做鞋底，耳朵却留神倾听厂里的动静。忽然，门外一个女人声音问：

"二嫂在家吗？"

李二嫂停了针线，问道：

"谁呀？"

门外的女人没有回答，就推开门扇，走进外屋。李二嫂抬起眼来，看见她是隔壁崔襄五的老婆崔程氏。自从李家搬到这儿，她常来走动。她的丈夫崔襄五如今不在家，她跟许多的男人日夜瞎胡混，街坊邻居，都说她脸大极了。李二嫂瞅她一眼，冷冷淡淡地也不请她坐，低下头来，依旧做鞋底。崔程氏笑嘻嘻地露出两颗金牙齿，走到炕沿，看着升子摆积木，连连称赞道：

"嘿，能砌牌楼了，真了不起，真聪明，跟他爸爸一样。"这后一句话，她知道李二嫂是最爱听的，其实她心里并不佩服李大贵的聪明。接着，她从衣兜里掏出一包花纸裹着的糖果，放在炕上，笑道：

"小升升，阿姨请你客，吃吧，吃吧，害什么臊呀？"

"我不吃。"升子嘴里嘟哝着，眼睛却紧盯着糖果，趁着崔程氏到桌边坐下，跟他妈妈聊天的时候，他摸起一块糖来，剥开花纸，塞在嘴里，连蹦带跳跑出去玩了。过了一会儿，他又进来，傍炕沿站着，李二嫂瞪他一眼，他歪着脖子，顽皮地对她笑笑，伸手又拿一块糖，噙在嘴里，又跑出去了。

这时候，崔程氏点着一支烟，慢慢地闲聊，有时笑一笑，露出两颗金牙齿。她由孩子扯到了李大贵，李二嫂手里的线越拉越慢，显然是对于这位妇女的话题感兴趣了，崔程氏也就越发显得关心地问道：

“二哥近来怎么样？我看他浑身只剩两只眼珠是胖的了。”

“可不是！”

“你也不劝他歇歇。”

“他才不听呢。”李二嫂嘴里嘟哝着，心里却是愉快的。

崔程氏尽说一些李二嫂乐意听的关于李大贵的话，在李二嫂听得入神的时候，她就乘机探问厂里的情况，但问得不多，总是才问几句，又转到李大贵身上：

“听说二哥老是三更半夜才回家，有这事吗？”

“是呀，也不知他忙些什么。”

“如今没有开夜班，就是白天忙一点儿，晚上也没有事呀。”

“听他说，工作组的活也很不少。”

崔程氏脸上显出惊讶的神情，问道：

“工作组有什么活呀？”

李二嫂从来没有想过工作组有些什么活，回答不上。崔程氏同情似的说：

“你太老实了。二嫂子，我知道工作组的工作就是宣传，三更半夜，人都睡了，还宣传什么？”

李二嫂一听这话有道理，就不声不响，随她讲下去，不料崔程氏却不再说了。她移过身子，来看李二嫂手里做着的鞋底。李二嫂停了针线，抬起头来，疑疑惑惑地问道：

“你说他们不宣传，三更半夜干什么去了？”

“谁知道呀！”崔程氏一边回答，一边看着鞋底说，“做得真结实。我们那一个，也爱穿家做的鞋子，回头我来剪一个鞋样。”

看着崔程氏尽拉些不痛不痒的闲话，李二嫂疑心更大了，她恳求她道：

“嫂子，你听见什么来啦？”

崔程氏本来是来打听厂里的各项消息的，看到自己随口说的几句话搅乱了人家的心思，她心里暗喜，故意吞吞吐吐地说道：

“其实……也没有什么要紧的事，二嫂子你可别多心。”

李二嫂越发着急了：

“一定有什么稀奇事了，快告诉我吧，嫂子。”

崔程氏抽抽烟卷：

“要我说，我就说。”她停一下手，才又继续道：“话说在头里，可不能怨我多嘴。”

李二嫂忙道：

“哪里话，还能怨上你来了？”

崔程氏低声地说：

“人家说，李二哥看上一个姑娘了。”

李二嫂心里一惊，脸上立刻变色了。她迷迷瞪瞪地连忙问道：

“什么？你说什么？”

崔程氏接着说道：

“那姑娘对二哥也有意思，两个人常在一起。”

李二嫂两手感到无力，两眼呆呆地望着崔程氏，这女人信口又道：

“听说是医院里的，姓杨，名字我忘了。二嫂子，你也不要太难受了。男人嘛，总是这样的。你想，哪个猫儿不吃腥？”李二嫂扔下鞋底，身子摇摇晃晃地支持不住了。崔程氏淡淡地安慰了几句，就起身告辞，十分快意地又到别家去串门去了。

李二嫂推开了炕上的针线笸箩，侧着身子，倒在炕上，有好一会儿。脑子稍稍清醒的时候，眼泪又不住地流着，她低声哭泣了一阵，翻身下炕，才擦干泪水，出门把升子找了回来，胡乱打发他喝了点稀粥。掌灯的时候，她安顿他睡了。

听见升子发出了轻微的鼾息，李二嫂起身去插好门闩，关了窗户，回来坐在炕边上。在电灯下，她重新拿起鞋底，一想起这是给李大贵做的，就伤痛地撂下了。她呆呆地坐在窗子旁边，多少年来的往事都浮现在眼前。她竭力想起李大贵曾经骂过她，打过她，来证明他是从来就不爱她的，来减轻现在心里的痛苦，但是不能够，她知道他过去是爱她的。而且她越往前想，李大贵的好处就越多。低头看看自己穿的半新不旧的、青地起红花的单裤，她想起来，这是李大贵亲自到新镇给她买的。那时候，李大贵自己的裤子也破了，他忘了自己，只想到她。“他有些倔，有些愣，但是心好。”想着现在他看上别人了，她又是愤恨，又是伤心，眼泪一双双地往下淌，一会儿把花裤滴湿了一大片。

她寻思：这个姓杨的姑娘是个什么样的人呢？她真标致？他真爱她吗？她越想越多，却一点儿也没有怀疑崔程氏的话。

她站起身来，两腿发软，眼前昏黑了。她用哆嗦的手关了电钮，随后，怀着一种浸透全心的愤怨，一种排遣不散的悲愁，她傍着升子，和衣躺下了。

这几天，除了工作组的工作，李大贵和他的小组还修好了发电所的一块配电盘，又在修理水泵房的机器。晚上，他到工作组听课，每天总是十二点钟过后，才回到家里。

工厂里开了一个党员大会，成立了支部，余慧当选为书记，张瑞为副书记。根据刘政委的提议，得到了骆驼山区委会的批准，支部组织了一批积极分子，每天晚上，在大礼堂里上党课。李大贵也参加了学习。他听了党纲和党章的讲解。

崔程氏串门子的这一天，李大贵照例是半夜过后，才骑着车子，赶回家去。银顶街的人们都睡了，路上很寂静，只有远远近近的村庄，传来一声两声的狗咬，月亮的青亮的光辉透过榆树枝，斑斓地映照在路面。

到了住所，发现门关了，他跳下地来，把车子靠在墙边，就轻轻地敲门。半晌，屋里没有一点点动静。他敲重一点儿，还是没有人答应。平常往往只要推一下，屋里电灯就亮了，李二嫂起来，开开门，满脸春风迎接着他，替他舀洗脸水，端饭菜，把车子推进屋里，擦着车，问他厂里这样那样的事情。现在这情况有一些异样。李大贵连忙绕到后窗，扒着窗户眼，往里一瞧，从玻璃窗户透进去的一抹月光里，他清晰地看见李二嫂躺在升子的身边，一动也不动。她的鬓发松松散散的，红棉袄的破旧的袖子露在被子的外面，显然没睡着，可又叫不应。李大贵越发诧异，忙去推窗户，幸亏窗上的插销没插上，轻轻一推，两扇窗门就开了。他翻上窗台，轻巧地往里爬着。近边两只狗，看见这奇异的行动，就跳着蹦着，狂咬起来。对门张万财从梦里惊醒，慌忙披上衣，靸着鞋，开门一望，他远远看见，在朦胧的月色里，一个人爬上了李大贵后屋的窗台。张万财想，这不是小偷，就是特务。他顺手拿一把斧头，飞奔过去，照准那伏在窗上的家伙的脊梁，抡起了斧头。张万财是个精细的人，就是在这紧急的一瞬间，也能冷静地盘算：坏家伙准有凶器，一斧头结果他不了，翻转身来，就会对付他。又想：捉活的能得到口供。说时迟，那时快，他扔下斧头，使尽力气，猛扑到那家伙身上，把他紧紧地拦腰抱住叫道：

“捉坏蛋呀！”

那人扭转身子问：

“老万，你干吗呀？”

张万财听到这个熟悉的声音，吃了一惊，连忙松开手，又用手背揉一揉眼睛。在青色的月光里，他清楚地看到，自己使劲逮住的不是坏蛋，却是李大贵本人。他愣了一会儿，才问：

“你怎么爬自己的窗户来了？”

李大贵笑道：

“门插上了，不爬怎么办？”

“怎么不叫二嫂子开门？”

“她睡得跟死人一样。打雷也惊不起来。”

李大贵一边说明，一边翻身坐在窗台上，从衣兜里掏出压扁了的“熊猫牌”烟卷，敬张万财一支，自己也点上一支。这时候，被张万财的叫喊惊起的好多邻居，都跑拢来，站在窗台下，纷纷问原因，李大贵略加解释，又把烟卷掏出来，每人一支，把一包二十支装的“熊猫”，全部分完了。没分到的，就掏出自己的烟来。一时间，各种烟草的香气，飘满了寒冷的空间。

大伙抽着烟，谈笑了一阵，才慢慢散了。

李大贵爬进房间，反身把窗栓插上，月光透过玻璃映进来，他瞧床上没有一点点动静。听见吵叫，李二嫂早给惊醒了。她抬起身子，瞧瞧窗外，看见没有事，人们在聊天，又悄悄地躺下了。心里不自在，不愿意理人。李大贵走近木炕，看见她脸冲墙壁，一动不动躺在被窝里，但没有鼾息。他知道她没有睡着，问道：

“你怎么啦？”

李二嫂没有作声。李大贵又追问一句：

“干吗不起来开门？”

还是没有声音，也不动弹，他只好不再理她。他又困又饿，摸出房间，把走廊上和厨房里的电灯拧亮了，先开了前门，把车子推进来，随后回到厨房找吃的。灶上和碗架子上，什么也没有。锅里还剩一些小米粥，他只得舀了两碗，胡乱喝了，就灭了外边的电灯，走进卧房，和衣躺在李二嫂身边，不久就着了。

李二嫂听见李大贵发出均匀的、安稳的鼾息，心里又气恼，又伤心，翻身坐起来，用手掠一掠披到额上和鬓边的乱发，就去摇他的肩膀：

“起来，给我起来。”

李大贵惊得睁开眼，看了她一下，随后又闭上眼皮。他太困了。李二嫂平常最能体贴他，这一回，她的情感反常了。嫉妒给她带来了痛苦，她只觉得她的站脚的地方崩裂了，她完了，因此也不能饶他，又使劲地摇他的肩膀：

“不讲清楚，就别想睡。”

李大贵被她摇醒，迷迷瞪瞪地问道：

“干吗呀，你？”

“见天三更半夜才回家，你上哪儿去了？喝了谁的迷魂汤了？”

李大贵半睡半醒，没有听准，顺口问她：

“什么米粉汤，你搁在哪儿？”

李二嫂只当他存心逗她，伤心又加上窝火，就在他左胳膊上拧了一把。给拧得痛了，李大贵才清醒一点儿，把头从枕头上抬起来，生气地问：

“你怎么了？脑瓜子里什么零件出岔了？”他用了一句钳工的常用语，用右手揉揉左胳膊，却不回手，只听她又说：

“你天天这么晚回来，到底上哪儿去了？”

他赌气地说：

“你管不着。”

她更冒火了：

“我偏要管，你干的好事，只当我不知道么？”

李大贵忙问：

“你知道什么？”

“你天天上医院干吗，又不闹病？”

听到这话，李大贵心里诧异。他从来没有到过医院。一定有人在她跟前说他什么了。她耳朵软，就信真了。他也冒火了，有心气她，顺口说道：

“我爱上哪儿，就上哪儿，你管不着。”

李二嫂听到这话，越发伤心地哭了。她坐起来。从窗口投射进来的一抹水样柔和的月光映照着她的泪眼、她的乱发，和她耳上闪闪发亮的一双摇晃着的银耳坠。她哭闹着道：

“你们把我害死，把我杀了吧，我死了，你的什么杨姑娘、洋姑娘，就能跟你过一辈子了。”

升子闹醒了，看见妈哭，他也哭了。李大贵起初不在意，看看闹大了，又听到她话里有因，就翻身起来，正要询问，忽然窗上闪出一个人影子。接着有人伸手敲敲玻璃窗，轻轻说道：

“消停点吧，闹起人家一回了，再吵吵，就不像话了，有话明儿再说吧。”

李二嫂听出这是张万财的声音。她很信服张万财夫妇，就忍住眼泪，不再闹了。过了一会儿，等她心里平静了一点儿，李大贵悄声盘问她听到谁的什么话，李二嫂起初不说。她知道李大贵讨厌崔家。再三追问，她才说出来。一提到姓杨的姑娘，她还有点疑疑惑惑的。李大贵道：

“怎么把崔家那娘们的话也信真了？她是什么人，你不知道吗？”

李二嫂没有作声。当晚，两口子没有再吵。崔程氏近来跟一些光棍勾搭，闹出许多风流故事来，李二嫂是知道的，清醒一点儿时，她想起这些，明白是那娘们存心挑拨，再也不许她进门，不信她的话，对李大贵的疑心也解了。

第二天，李大贵进厂一打听，工厂医院里真有一位姓杨的护士，果然标致。晚上回家后，李大贵心平气和地批评李二嫂：

“冤枉我倒不要紧，你怎么无缘无故，把人家没有出阁的姑娘也拉扯上了？这话传出去，多不好意思！”

李二嫂深深低着头，不回一句嘴。

李大贵到工作组把这件事告诉余慧和张瑞。刘政委也在那里，听了他的话，就对余慧说：

“几千家属没有专人管，这是一个大漏洞。”

余慧道：

“是呀，没有人，叫我怎么办？”

刘政委想着实在腾不出人来，就说：

“这问题现在不谈。张瑞同志，你说你的吧。”

张瑞说和刘政委商量工会筹备的工作。人们纷纷来找刘政委。他到哪里，哪里就成了他的办公处和会议室。

八

厂里的事，杂乱如麻，经过一个时期的整顿，刘政委逐渐理出一些头绪了。他解散了工作组和接管组，在领导干部中进行了明确的分工：余慧做党的工作；许文管行政；张瑞负责工会的筹备；施真建团；高俊专他的本行，他做公安工作有好几年了，但在企业公安工作中，他领会了许多新东西，其中有一点是必须和技术结合。

把党、政、工、团各系统都部署好了，刘政委就集中精力，领导一高炉的修复，他组织了一个工程小组，开始调配人力，收集器材。工程师们在作各种计划和设计。一高炉附近搭了许多席棚子。轱辘马在轻便铁道上成天地奔跑，把耐火材料运到棚子里去。修理车间都在忙着大修的配件，刘政委常常到各车间察看。他随身带着一个笔记本，上面记满了工人的意见和工程上的问题，领导高炉大修的巨大的工作，对他完全是生疏的。但他遵照毛主席的教诲，决心“向一切内行的人学习”。见了不懂的，他就问工人，问技术员，问工程师，他要在高炉大修过程中，了解这庞大设备的构造和它的每一个配件。除了常到高炉工地去，他也到各修理车间走动，他谦逊地对人自称“白帽子”，但在实际上，他很快地就懂得一些东西了。工程师都佩服他的钻研的精神。

这天，刘政委到了动力部的机修工场，看见李大贵、牛福山和别的几个工友蹲在一部车床的旁边，对着一张铺在地上的蓝图，正在议论。见到刘政委，李大贵拿着图纸，站起身来，气呼呼地说：

“又得返工了。”

刘政委知道返工活是工人不乐意干的，慌忙问道：

“哪里要返工？”

李大贵气还没有消，他右手拿着螺丝扳子，舞舞爪爪地说道：

“这床子上的两个新换的牙轮，咬不到一块；新轴太小，得重做一个；还有，你瞧，才安上去的球架也不起作用，都得返工。”

刘政委仔细检查了一遍，三样东西果然不合适。学工牛福山说道：

“这一返工，工夫就大了。”

李大贵道：

“浪费人工不算，还耽误了老伍的活，也就耽误了高炉配件的准备。”

刘政委说：

“你们大概没有严格依照图纸吧？”

李大贵把蓝图摊在地上，大家蹲下来，听他说道：

“我们是照图纸做的，尺寸一点儿也不差。”

刘政委道：

“这样说，毛病是出在图纸上了？”

“可不是！”

“谁画的？”

李大贵回答：

“咱们动力部的工程师于松。日本人的蓝图，找不着了，他不问问我们，也不下现场，趴在办公室的桌子上，照着一本美国书，画了这个新图。”他指指地上的蓝图，接着又说：“我们到办公室问他：‘这床子是日本造的，干吗要照美国书来画？’他从转椅上跳了起来，把手一摔说：‘不懂就别问，这是改良。’又说了一堆听不懂的话，还夹杂了几句英文，大家都给唬住了，就没有再问。翻砂工、车工和钳工就都依照图纸，动起手来。”

刘政委从怀里掏出小本子，把这件事记在上面。接着，他又走到别的车间去察看。他注意了，返工的事，到处都有，错误大多出在图纸上。回到代表室，他立即召集了一个干部会议，讨论图纸的问题。大家决议成立一个设计审查委员会，规定新画的图纸，要由设计的工程师挂在车间，用中文，不准用英文，详细地跟工人讲解，听取大家的意见。然后由本人修改，再送设计审查委员会审阅和通过。

刘政委感觉争取和改造技术人员，是很迫切的。他派余慧、许文和施真，分头接近各个车间的工程师。他自己想多了解当过伪炼铁厂厂长的老工程师杨子美。

通过工人的谈话和他自己的调查，刘政委知道杨子美有个亲戚在国民党的资源委员会。他本人倒不是国民党员。他在北京大学工学院毕业后，到美国实习了三年，学的是冶炼。回国后，由伪资源委员会的他的表哥介绍到重庆一个钢铁厂当了炼铁厂厂长。日本投降后，他跟“劫收大员”来到了本厂，担任炼铁厂的工程师。那时候，工厂一团糟，他亲眼看见国民党派一些腐化无能的人来接办工厂，这些人每个礼拜只有一两天到工厂里来点卯，其余的日子，就在城里打麻将，逛道儿，顺手的时候，盗卖工厂的器材。看着这光景，他心怀不满，但没有作声。时间久了，他自己也产生了一种得过且过的混日子的思想，跟着又学会了打牌和喝酒，他常常用白色的高粱酒来排解自己的灰色的心绪。

呼吸在谣言和诽谤的迷雾里，杨子美对于共产党和解放军，不但不理解，而且很害怕。他一面不满意国民党的腐朽的生活，一面对共产党也怀着疑惧的心情。

解放前几天，他把家眷送到了城里，自己也准备逃走。听见炮响的那天，他和于松一起，一人拎一口皮箱，赶到汽车库时，最后一辆大卡车装满了国民党的头头脑脑，已经开走了。于松气得直跳脚，嘴里不停地叫骂。杨子美心里也气，但是不作声。他又牵挂着隔离在城里的他的太太和孩子。担心他们的安全，怕他们遭受到意外。

为着不惹人注目，杨子美把平常穿的好衣裳藏起，换上新做的灰布棉制服，脚上穿一双布鞋，他打扮得跟老干部一样。

刘政委号召反动党团员，一律登记。杨子美听了，心里反而摸底了，他想："我不是国民党员，更不是什么'中统'和'军统'，没有我的事。"但是他又想："我的许多亲戚是国民党员，到钢铁厂来，也是我在伪资源委员会的表哥介绍的，这事我得跟谁去交代一下？他们会不会怀疑我呢？"他狐疑不定。

修理部有位才出学校门的年轻的工程师苑清，在技术上，杨子美是没有把他瞧在眼里的。解放以后，苑清积极工作，也很打腰。看样子，刘政委、余慧和许文都器重他。这件事情引起了杨子美的许多猜想和思虑。他想："莫非苑清早加入了共产党？"又想："莫非共产党爱用单纯的年轻人，不高兴我们这些上了年纪、社会关系复杂的人吗？"他狐疑不定。

他成天睁着好奇和疑惧的眼睛，注视这些起早贪黑、穿戴简朴的干部们。他打心里佩服他们的干劲，但又担忧他们不懂得技术，不能赏识他的经验和本事。

大礼堂里开了训练班，杨子美悄悄地走去听课。他躲在尽后边的一个角落里，低着头，用心记笔记。他又到新镇的新华书店买了几本毛主席的著作和一些关于苏联、关于老区的书籍，回到家里，连夜阅读。这样，慢慢地，对于共产党和共产主义，他也懂得一些了。但是他绝口不谈，怕人家笑话他投机。

北平解放后，他的太太带着他珍爱的五岁的小男孩，平安回厂了。太太一边拾掇房间，一边满口称赞人民政府的干部有礼貌。知道她是工程师家属，他们还特别地照顾了她，送来了大米、白面、猪肉、鲜鱼和青菜。她用抹布擦着一只景泰蓝花瓶，同时发表自己的评论："看人家多好，比你表哥他们强多了！"杨子美想起了自己没有赶上卡车的狼狈的情景，心里同意太太的议论，却没有作声。

许多工程师还在徘徊观望的时候，杨子美早已上班了。他参加了大修工程组，天天上午，在炼铁部的办公室里整理资料，修订计划，或者校正图纸。下午有时跟刘政委和许文一起，主持什么专业会或是例会，闲着的时候，就看"生铁冶金学"，他打算首先精通自己的本行——高炉冶炼，然后自修炼焦和电气。因为通一门，在学习其他生产知识的时候，他比别人方便些。

杨子美的生活，除非遇到特殊的情况，平常总是像钟摆一样地有规律。他在早晨六点钟以前，就上班了。十二点回家，吃完午饭，歪在床上打个盹，到下午两点，他又去上班，一直到六七点钟才走。他遵守时刻，天天在电话里对表。他爱有规律的生活，有秩序的环境，他对他的爱人说："秩序一乱，我心也乱了。"他家里的书架上的书籍，桌子上的墨水瓶子，削笔小刀和各种铅笔，等等，都有一定的摆法。他的太太熟悉他的习惯，凡是他放好的东西，她从不挪动，也禁止孩子去动手。这孩子，从小饱受慈亲的教诲，当他伸手拿什么的时候，只要妈妈说一声："这是爸爸的，别动！"他伸出来的小胖手就会像触着了虫子一样地赶紧缩回来。

杨子美的太太原先是学音乐的。自打嫁了这位冶炼工程师，不久又养了娃娃，家里的数理化的空气和带孩子的烦琐的生活，代替了音乐的氛围。哄孩子睡觉的时候，她学的歌都变成了充满母性的爱抚的优美的催眠歌了。

了解杨子美的这些情况以后，刘政委早想跟他个别地接触，一直没有时间。这一天，正是礼拜六，下午两点钟光景，刘政委跟陈德林，一个骑一辆自行车，正从磨砖场回办公厅，在大水池子附近的煤渣路上，远远看见一个人孤零零地过来。这人个儿不高，约摸三十六七岁，身穿一套不大合适的新的灰布棉制服，脚上的布鞋也是全新的。刘政委老远认出他是杨子美，连忙下车，把车交给陈德林，上去和他打招呼，跟他并肩走了一段路，说了些闲话。到办公厅门口，快要分手的时候，刘政委问道：

"杨先生今晚有空吗？"

杨子美微笑着反问：

"您有什么事？"

"请你上我家里喝杯酒。"

"我一定来。"

"太太能来吗？"

"她怕不能来。"

晚上整七点，杨子美换了一套好衣裳，来到了刘政委新搬的住宅。就是赴宴会，他也都严守时刻。这幢独立在石头山脚的日本式的洋房子原先是敌伪厂长居住的，他上这儿打过牌。现在，他走进客厅，看见房间变样了，原来一套漆着棕黄油漆的新式家具没有了，房里只有几张旧沙发和二十来把木椅子，显然是开会用的。房间正中的八仙桌子上铺上素净的桌布，摆上杯筷了。刘政委的家眷还没有接来，酒席是从新镇一家菜馆叫来的。

刘政委请了余慧、许文、张瑞和高俊作陪，没有请其他的工程师，杨子美心里欢喜，在技术上他是看不起厂里别的工程师的。他觉得他和他们多少应该有一些差别。

席间，刘政委不停地闲扯、劝酒，没有客套。他随便而又亲切地说道："都不是外人，没有好吃的，酒得多喝，尝尝这酒，这是竹叶青。"

杨子美喝得多了，话也多起来，他说，他的家庭是河北武清的一个破落地主，自己从小在外面，没有参加过剥削。他不好意思地坦白道：他是伪资源委员会的一个国民党员、他的表哥介绍到钢铁厂来的。说完这话，他拿眼睛偷偷瞟一瞟刘政委的脸上的表情，看到没有很大的变化，这才放心地又打开了话匣子，后来，连他和太太的恋爱史也扯起来了。

到夜深，杨子美喝得醉醺醺，两脚直打晃。刘政委叫陈德林扶着他回家。他的太太替他冲了几碗白糖水喝了，服侍他躺下。

第二天，酒完全醒了，他懊悔地对他太太埋怨自己道：

"昨天晚上我醉了，当着刘政委，不知说了些什么。"

他的太太接口说：

"谁知道你？你呀，总是这样，平常规规矩矩，言不乱发，一旦醉了酒，就变成另外一个人，变成花舌子了。"

口吻里满含责备的意思，但声音是经过训练的，清亮圆润，十分悦耳。这是学音乐的爱人给男人的一种生活的幸福：叫他听训斥也像听音乐一样。

过了些日子，刘政委叫秘书吴宇把杨子美请到代表室。两人坐在沙发上，商量高炉的大修，刘政委说：

“工人们心劲都高，信心也大，都说赶‘七一’要把一高炉修好。耐火材料也都准备齐全了。只是工地上的组织，还很紊乱。我寻思，生产跟打仗一样，要取得胜利，一定要有一个坚强明智的司令部。”

杨子美点一点头，听刘政委又说：

“我们厂的焦炉破坏小，很快能恢复，矿石也快运来了，厂里的运输也不成问题，职工正在抢修火车头。可是你说，我们应该怎样整顿和加强高炉大修工地的组织？”

他提出了问题，又停下来，好让杨子美考虑。过了一会儿，他才把自己考虑成熟的方案，慎重地提了出来，末尾也带一句问话：

“我想成立一个大修指挥部，请你担任总指挥，你的意思怎么样？”

杨子美低下头来，沉入了深思，连准备的时间在内，只有三四个月，要修好这盘百孔千疮的巨大的高炉，在他看来，是做不到的。杨子美生平，从来不做没有把握的事情。看他显出为难的样子，刘政委就说：

“你好好地想一想吧，想好以后，再请把你的意思告诉我。”

杨子美下了班，回到家里，他的心事，对太太也没有表露，自己足足思索了一夜。思想的暗流整夜奔腾和激荡，使他失眠了。他睡在枕上，反复想着许许多多实际的问题：高炉大修，他没有干过；生产技术科，还没有组织，底下的情况摸不清楚；碰到工程技术上的复杂问题，又没处商量；准备时间十分仓促，各种计划，有的很粗糙，有的压根儿没有；工人们乍一解放，都不高兴听从技术人员的指挥；工程师和工程师间，也存在着矛盾；而最主要的困难是器材的供应，焊条没处买，氧气也不够；谁知道还有什么意外的困难呢？他想着：这个差事是没有一丁点儿把握的，要是失败了，对他自己会有很大的不利。他的结论是这工作决不能干。接着，他又琢磨回绝的措辞。待到他把妥当的回话想好了，晚春黎明青色的微光已经映上了窗子。

他连忙起床，穿好衣裳，洗完手脸，刮了胡子。眼泡虽说肿起来了，头脑却是明晰的。他喝了一碗小米粥，就到代表室去找刘政委。随便聊了几句天，刘政委含笑问他：

“怎么样，想好了吗？”

杨子美慢慢地，但是清楚地说道：

“大修这问题，我看需要全厂职工的努力，大家都能使劲干，就会有办法，单靠一个总指挥，是不行的。”

刘政委收了笑容，一时没有猜着杨子美的意思，连忙说明道：

“依靠大家是对的，但是必须有组织，有领导，有总负责的人才行。”

杨子美紧跟着说：

“我们大家一起干，一起来负责，我就是不担负什么名义，也要尽心竭力的。”

刘政委猜度他是误解了集体领导、分工负责的意思，问道：

“你的意思是不要指挥部，不用总指挥？”

杨子美忙道：

“我的意思是我们大家来负责，光我一个人是不行的。我又忙着整理车间资料和图纸，腾不开手。”

从闪烁的词句间和歉疚的神态里，刘政委觉察杨子美是不愿，或是不敢担任这个突击的重点工程的行政上和技术上的总的负责人。他沉思了一会儿，随后心平气和地说道：

“好吧，这件事我们往后再商量。”

杨子美松心而又惭愧地起身告辞，刘政委送他到门口，照旧和蔼地说道：

“就是不做总指挥，我相信你也不会不管的。”

杨子美连忙答应：

“这个自然，我一定会尽自己的责任。”

刘政委回到办公桌子边，坐下来，沉静地翻阅着表报，秘书吴宇听了全部的谈话，这时候，忍不住议论：

“他这不是怠工吗？”

刘政委忙道：

“不能看得这样地严重，他还是做了一些工作的。”

吴宇依旧沉不住气，又道：

“我看他跟我们还是不一心。”

“你怎么见得？”

“要是跟我们一心，还能推脱这样重要的责任？”

刘政委解释：

“他是一个稳重的人，政治上缺少锻炼，不敢做开辟工作，不敢负责任，这自然是他的一个弱点，但要帮助他克服这弱点，得慢慢地来，不能性急。可他还是有本领的人，他和小高炉混了好些年月，处理日常的、上了轨道的生产工作，是有经验的。他的作风细致，也很准确和实际，就是魄力小一些。这也不过是他的暂时的弱点。我们看人，必须看全面。”

吴宇觉得刘政委的话对，没有再作声。刘政委想起一件事，叫吴宇打电话给高俊，约他来谈谈。他自己坐在沙发上，抽着烟，思索着什么。吴宇打完了电话，看见他这样，知道他正在想事，就小心地、轻轻地翻阅着文件，不让纸页发出一丁点儿声响。刘政委还在考虑指挥部的问题：

“叫苑清来任总指挥吧，又怕会压不住台，首先会引起杨子美的不愉快。许文正忙着整理全厂各个科室的机构。大修指挥部虽说是一个临时组织，却又是一个重点工程。我们正要突破一点，来取得经验。还是我自己来吧。”他想，“这样我能在修理过程中，了解高炉设备的各个系统的构造，了解它的各种零件和性能。可是，我们的困难的确是不会少的，各个工种的工人都不够，劳动组织也很不健全，器材又缺……”

正想到这里，楼下远远地传来一片叫嚷声。声音越来越近，快到窗下了。刘政委和吴宇都跑到窗口，只见一大群工人从窗下走过。修理部的年轻工程师苑清，满身沾着赤红的铁锈，杂在人群里。工人有的拎着牙轮，有的拿着电表，有的扛着弯头，有两个大汉抬着一段钢管子，还有一群小伙子推着一辆轻便的胶皮轱辘车，车上堆着法兰盘、橡皮管和钢丝绳。李大贵扛着一个五马力的电滚子，跟着大家，一路谈谈笑笑、打打闹闹地往材料库走去，刘政委打开窗扇，迎风站着，对苑清笑道：

“你们翻出不少东西了。”

苑清抬头望着刘政委，说道：

“是呀，国民党把这些都当做废料扔了。现在找出来，只要稍许修理一下子，就能用上。”

看着这年轻的、生气蓬勃的一群，杨子美留下的缺乏信心的阴影，好像遇到了明灿灿的太阳光一样，完全消逝了。他满怀信心，回到桌子边，继续看公文。不久，高俊走进来，向他汇报临时工的处理结果。经过细致的甄别，公安科把临时工里的一些坏分子抓起来了，罪恶轻的，送到清河大队去进行劳改，还有一些遣散回家了。刘政委同意他这样处理，随即提议：把临时工住的那批住宅，拨给住砖窑的工人。高俊同意这意见。刘政委又问：

“军管会的那个通报，你看到了吧？”

“哪一个通报？”

“关于各厂矿的敌特活动的。”

“看到了。”

“不能麻痹呵！我们这个厂也够瞧的了，哪个部门都不纯；几千家属没人管；技术安全科还没有成立。”

“我们正在挑选安全员。”

高俊才走，张瑞就来了。刘政委要他组织砖窑里的工人们搬家的事。张瑞答应了，随即约请刘政委准备工会成立大会的讲话。

九

在工会的成立大会上，刘政委号召全厂的职工为了抢修一高炉，献出自己一切心智和力量。张瑞被选为工会主席后，发表演说，要大家响应刘政委的号召，赶“七一”修好一高炉，作为工人阶级祝贺党的生日的一个小小的献礼。

大会决定指派一批先进工人分头组织各个车间的分会。李大贵给派到了动力部。这位年轻活跃的钳工担任了工会工作，又没有脱离生产，晚上还要上党课，弄得紧忙。

听了一个月党课，经过张瑞和余慧耐心的培养，又听到刘政委告他，他的哥哥李大富已经牺牲，李大贵的政治觉悟显著提高了。他请人帮助写了一封恳切的入党申请书，余慧看了他的申请书，又帮他写了一个自传。

根据自传和材料，支委会仔细研究了李大贵的历史和表现，以及他的家庭成分。组织委员张瑞说：

“他的家庭成分是好的，父亲是贫农，哥哥李大富参加了八路军，后来牺牲了。”

宣传委员吴宇问：

“有人证明吗？”

张瑞一边翻档案，一边回答：

“有的，早些日子，刘政委写信给军委总政治部，调查李大富下落。总政的回信上写了：‘……李大富，河北容城人，是本军贺支队的一位营长，一九四三年五月在太行一次反“扫荡”战役中英勇牺牲了。’”

张瑞叠好了证件，归入档案袋，又补充道：

“他的家庭成分是贫农、烈属。他个人的历史也很简单，每个阶段都有可靠的证明。”

支书余慧问：

“他在天津振华铁工厂学手艺的那一段搞清楚没有？他跟老板是什么关系？谁介绍去的？”

张瑞回道：

“他和老板除开剥削关系，没别的关系。他在那儿待了四年零一季，擦床子，干零杂，做的是牛活，吃的是猪食，一个子儿也不赚，鞋底破了，没有钱补，就垫块铁片，关于这些情况，我们调查的材料和他自己说的完全一致。”

余慧笑着岔断他的话：

“这些我知道。我是要问，他跟老板和老板娘，有没有亲戚关系？私营工厂的学徒多半是跟老板沾亲带故的。”

张瑞道：

“小厂是这样，像振华这样的大厂可不一定。”

余慧没有作声。紧接着，吴宇提出一个新问题：

“他在本厂参加‘十七友’的那段，我认为是他历史上的一个关键，要弄清楚。”

张瑞说：

“根据我了解的材料，‘十七友’不是政治性的团体。它和‘七十二友’‘一百单八将’等封建把头的帮派有区别。”

吴宇问道：

“区别在哪儿？”

张瑞解释：

“‘十七友’的人在国民党时期，没有得意的，‘七十二友’和‘一百单八将’却不同了。他们中间自然有善良的老师傅，可是也有一些和特务有密切联系，还有个别特务混在里头。他们把持工厂要害，做了蒋匪爪牙。‘十七友’把持了什么要害呢？他们拿到手的只是银顶街西北角上一排破破烂烂、歪歪倒倒的砖窑。”

听到这话，余慧撑不住笑了。吴宇却道：

“‘十七友’的张万财不是搬进了鬼子住宅区，跟胡殿文混在一块吗？”

张瑞说：

“你不了解张万财。”

吴宇正要反驳他，余慧连忙岔开道：

“‘十七友’到底有没有政治背景，需要再调查。我们先叫李大贵写个材料，看他怎么说。要是他吞吞吐吐，影影绰绰，说得很含糊，和调查的材料又有矛盾，到时候再看。要是他把这段经历坦坦白白、一五一十告诉组织，就是有问题，也端到桌面上来了，不清楚的地方再调查，要‘十七友’的其他分子也写材料。我估计这个一贯积极、性子像个直炮筒的钳工，不会有什么问题。”

吴宇忙道：

“我也没有说他有问题，不过，历史问题定要搞清楚，免得日后麻烦。”

余慧点头道：

“对，你看还有什么地方值得考虑的？”

吴宇想了一想，就说：

“没有什么了。”

余慧接着说：

“那么好，关于李大贵历史就是这样。大家看看他的觉悟程度、政治品质和行动表现，够不够党员条件？”

张瑞、吴宇都认为他够条件了。余慧就说：

“李大贵就谈到这里。现在来谈谷德亮，他是施真那个小组负责的，张瑞同志，你先说说他的历史……”

支委会细密地审查了各个小组发展的对象，直忙到夜深。

第二天下午，上完党课，余慧找李大贵谈话。后者推着车，跟她到了一宿舍的她的房间里。她从窗前书桌的抽屉里，取出一本小册子，送给他说：

“你拿回去看看，有不懂的来问我。”

李大贵接过来一瞧，是一本《怎样做一个共产党员》，他欢天喜地，连忙揣在衣兜里，辞了余慧，跨上车子，赶回家去。

他回到家里，放好车子。屋里静悄悄，二嫂和升子睡了，他把纸隔扇关好，拧开外屋的电灯，从厨房里拿出两个棒子面窝窝，一边啃窝窝，一边从衣兜里掏出小册子，在灯下阅读。碰到不认识的字，他就干脆跳过去。这样半懂不懂地，念了一通宵。天亮了，他才关了灯，把书揣在衣兜里，手脸也不洗，出门跨上车，就往厂里赶。赶到一宿舍，他搁好车子，莽莽撞撞闯进了余慧的房间。

余慧正坐在窗前和老瓦工邹云山谈话，看见李大贵走进来，眼泡肿起，满脸愁容，她慌忙问道：

“怎么了，老李？”

李大贵疲倦地坐在靠东墙的一张破旧沙发上，回答她道：

“我算完了，我不够党员条件。”

党没有公开，余慧对李大贵使了个眼色，就转脸跟邹云山说道：

“今天就谈到这儿，往后请常来。你老伴的病，可是不能大意呵，顶好送到医院去瞧瞧。”

邹云山擦擦眼窝道：

“瞧不瞧一样，生死由天定，这话不假，阎王叫她三更死，谁敢留人到五更！”

余慧笑道：

“别说这种话，你是工人，要信大夫，不能信这些胡说。”

邹云山还要分辩，余慧岔断他：

“我们往后再详细谈吧。”

说完，跟他拉拉手，起身送他到门口。李大贵坐在弹簧塌了的沙发上，没有听见他们的谈话，他低着头，只顾抽闷烟，想心事，余慧转身走到桌子跟前，坐在转椅上问道：

“老李，怎么一回事？”

李大贵从衣兜里掏出《怎样做一个共产党员》来，说：

“我念一通宵，想了又想，觉得我不够条件。”

余慧问他：

“你自己感到哪一点不够？”

李大贵说道：

“我一个大老粗，文化上差劲，理论更不行。”

余慧笑道：

“理论是很要紧的，文化也得提高，可这不是一天半晌的事情。学习是共产党员的长远的义务。”

说到这里，余慧的眼光落在李大贵脸上。他的愁闷的神色消除了，嘴边眼角，还浮现了忍不住的微笑。她又谈了一些学习上的事，劝他买本刘少奇同志著的《论共产党员的修养》，挤出时间，慢慢地揣摩，并在实际工作中不断地提高自己。接着，她又热情恳切地叮咛：

“入党以后，要时刻记住：‘我不是一个普通工人了，而是工人阶级中最勇敢、最坚决、最守纪律，又最能牺牲的突击队里的一员。共产党，工人阶级的共产主义突击队，是一个最光荣不过的称号，我们不能辱没这个称号。’”

余慧带着刚毅的气概和激动的情感说着这些话。她的感情，通过言语和声调，使李大贵受到了感染。她也知道，在这种时候，新党员所听到的老党员的话，是能影响他一辈子的，她又耐心地、严肃地说了许多话：

“……入党以后，我们要使个人的利益绝对地服从党的利益，我们的一切，甚至于生命，都是属于党的了。我们，中国共产党员们，光荣的毛泽东同志的学生们，是能为了社会主义和共产主义的美好的理想，奋斗到底，工作到老，永不变心的。”

李大贵连忙插嘴：

“这个自然。”

余慧举了许多模范党员的例子，也说起一个孬种的事情，她说：

“有一个投机的家伙，不知道是什么时候混进党来的。党派他到国民党地区工作，被捕以后，经不起考验，他说出了两个同志的名字，破坏了组织，背叛了人民。”

李大贵愤慨地咒骂：

“他真不是人！”

余慧把身子在转椅上坐正一点，她的一双灵活的大眼睛，放出一种庄严的、明澈的光芒。她继续说道：

“生命是极珍贵的，但为了党，为了人民，我们要时刻准备献出自己的一切，包括珍贵的生命。”

李大贵点点头。他想起了赵五孩和他大哥李大富。他又听着余慧的平静而坚定的声音说道：

“现在我们胜利了，我们是执政的党了，但毛主席说：‘夺取全国胜利，这只是万里长征走完了第一步。’路还长远，困难也不会少的。为了我国社会主义工业化，党要求每一个党员勤勤恳恳、老老实实，为人民做更多的事情……”

黄灿灿的阳光照耀着上半截窗户。余慧看了看手表，想起她要去参加银顶街的一个片儿会[①]，没有再往下说了。她邀李大贵到大众食堂用早点，才喝完一碗白糖豆腐浆，上班笛拉了，两个人就分手了。

又过了一天，下午五点的下班笛拉过以后，李大贵从机修间跑到办公厅，在支部办公室找着了支书。劈头一句，他说：

“余慧同志，我心里还有一个疙瘩。”

余慧问道：

“什么疙瘩？”

李大贵傍着桌子，坐在余慧的对面，眼睛不看她，抱愧地、沉重地说道：

“我有件事，还没有告诉组织。”

余慧看着他的惭愧的脸色，心里暗想：这家伙莫非做了什么亏心事？她满心疑虑，但外表保持着冷静，鼓励他道：

“不管你做了什么，你都应该坦率地告诉组织。这样，才不愧……”

余慧稍稍停顿了一会儿。她本来想说“才不愧为光荣的共产党员”，但一转念，她想：谁知道他要坦白的事是什么性质？是不是还能入党？话到嘴边，又连忙收住，改口说道：

“……为名符其实的工人阶级的先进分子。”

余慧停顿一下的时候，李大贵就觉察了她的用心，激动而又丧气地说道：

“我怕不能入党了，余慧同志。”

在党籍问题上，余慧慎重地不作任何事先的担保，却继续热烈地劝勉他道：

---

① 居民小组会。

“有什么事，坦白地说吧，大炮，勇敢一点，说出来，心里就会轻松些。不管做了什么事，只要交代清楚了，就会得到大伙的信任。”

李大贵热情地、颤声地叫道：

“余慧同志。”

余慧劝慰他：

“说吧，大炮，真诚坦白，是工人阶级的本色。”说到这里，她忽然想起，为了避免他的坦白有丝毫的勉强，她又松一把，体贴地说道：“这样好吧，大炮。要是没有考虑好，今天不用说了。多咱想好了，多咱来说，我们都欢迎。就这样吧，快回去吃饭，二嫂子正在盼你呢。我还有事，也该走了。”

李大贵连忙阻止正要起身的余慧，说道：

“不，我今天就说，现在就讲，不用考虑了。我……”他又住口了，由于激动，他的嘴唇微微地颤动。余慧低下头来，避免直视他的眼睛，听他继续说：“加入过‘十七友’，我现在认识，这是一个封建小帮派。工人阶级是一个整体，不应该抱小团体。”

余慧放了心，笑着问道：

“还有什么？”

李大贵回道：

“没有什么了。”

余慧道：

“这一件事，我们知道了。你现在的认识当然是对的，可是在过去，这也难怪你。”

李大贵急忙解释：

“那时候，我们怕失业，怕人欺负，我们十七个人换了帖子，拜了金兰。‘十七友’跟人干仗，老是别人动嘴，我动手。”

余慧连忙追问道：

“你打过人吗？”

李大贵点点头：

“跟主管、工头和鬼子特务都干过仗。”

余慧笑道：

“没有打过好人吧？”

李大贵抱歉而诚实地回答：

“那就难说了。那时候，我们都糊涂，好坏也分不清楚，碰着我们的，我们就干，使榔头把子，使钳子带，也使拳头。”

余慧摇摇头：

“打人总是不好的，在旧社会，解决不了问题，在新社会，更不容许。好吧，你把‘十七友’的金兰名单，组织经过，干了些什么，叫人帮你写一个详细的书面材料。你再想想，还有什么要说的。”

李大贵想了一想道：

“没有什么了。”

余慧打开锁着的抽屉，拿出一张“入党表”，郑重地交给李大贵，并且说道：

“你把表上的各项都详细填上，介绍人写我一个吧。”

李大贵慌忙站起来，用他那双微微颤抖的、沾满油泥和铁锈的大手，接过来，又紧紧握住余慧的手，不知道用什么话来表达心里的激荡，半晌，他才迸出一句普普通通的言语：

“把我乐坏了，余慧同志，我一辈子也忘不了今天。”

余慧笑道：

“可也不要忘了党的事业的更伟大的明天。”

二月末尾，经过详细的讨论，支部大会接收了十四位新党员入党，其中包括李大贵。有一天下午，黄灿灿的阳光照映着树上的冰花和屋顶的雪块。一只麻尾雀从大水池边飞回槐树上的柔枝编造的乌黑的巢里，不大一会儿，它又跳出来，停在树枝上，快乐地、喳喳地啼叫。

下班以后，李大贵匆匆忙忙骑着车回去，路上听到麻尾雀啼叫，心里引起一种不能抑止的欢喜。回到家里，他吃罢晚饭，换了一套新做的青布棉制服，腰上照旧束着王团长的警卫员送给他的那一条皮带，跨上车子，赶到办公厅。

他满面春风，一路跟人微笑着点头。走到楼上的会议室，余慧招呼他到前边去。

最前面一排椅子上，坐着十三位新党员，李大贵一看，里边有谷德亮、赵东明、伍永和和牛福山，他和他们一一招呼和握手，就在他的徒弟小牛的身边坐下来。待到心里宁静一点儿了，他才展眼往四围张望。

东边墙上，端端正正绷着一面斧头镰刀的红旗。旗子左边，挂着毛主席的肖像，下面贴着写在红纸上的八条入党的誓词。

主席座位的前面，摆着一张长方桌。白洁的桌布上，放着两盆开满黄花的迎春花。

仪式开始了。唱完国际歌，参加典礼的人们向党旗和领袖行了鞠躬礼。新党员举起手来，进行宣誓。念到“百折不挠，永不叛党”这一条，大家都提高了嗓音，一字一句，念得清晰而有力。

市委代表、区委书记和刘政委都讲了话。刘政委号召全体党员，献出自己的一切力量，赶“七一”，完成一高炉大修。这是他近来在任何讲话中，都要提到的一点。接着，他叮咛：党员要时时刻刻联系群众。他说：我们共产党员一旦和广大群众失去了联系，我们的任何事业就会要失败，办工厂也是一样。

一〇

入党以后，李大贵对厂里的工作，越发认真负责了。他起早贪黑，东跑西颠，不在车间，就在工会，晚上还到业余学校去补习文化，连张万财也不常见他的面了。可是他那“像个直炮筒，一点就着”的老脾气，还是没有改。职工知道他是上级信赖的，对他的一举一动，都十分留心，有的想学样，有的想找茬。

由于种种复杂而微妙的情况，和他自己不能适应这种情况的粗鲁和简单的做法，他和群众的关系，反而没有从前好。不久，又发生了这样一件事。

三月中旬，一个刮着黄风的日子，动力部的机修工场里，一瓶氧气爆炸了，碰巧没伤人，但铁筒的四散迸飞的碎片崩坏了一部车床。这部床子才由李大贵小组修好，花了七十五个工。公安科要求有关人员写报告，详述事故的经过，谁该负责任和损失有多大。机修工场长金超群是留用人员。这个三十来岁的汉子，正像他自己坦白的一样：“是从旧社会里的虚伪和欺诈的迷雾里长大成人的，旧的习气，一时难改。”他在报告里，为了把事故的损失报小一点，把李大贵小组修复车床花费的工数改成五个工。李大贵在工场里听到这话，沉不住气，立即撂下螺丝扳，跑去找他。金超群趴在工场办公室的桌子上正写什么，抬眼看见李大贵进来，并不理睬，又低下头去，仍旧写他的。李大贵三步两脚赶到他跟前，劈头就问：

“这是怎么的，你把七十五个工，写成五个工？”

金超群停了笔，装作没有听懂似的笑一笑，反问道：

“您说什么？”

李大贵重复这质问：

“你把修理那部车床的七十五个工，说成五个工，是什么意思？”

金超群瞟他一眼，嬉皮笑脸说：

“得了，这儿没有您的事，您干您的去吧。”

李大贵使劲憋住气说道：

“不行，瞒上不瞒下的花招，现在是行不通了。”

金超群登时放下脸，瞪他一眼，把“您”换成“你”，说道：

“你管得着吗？你是哪一部门的首长？”

李大贵的火冒上来了，但他心里对自己说：“别冒火，别生气，慢慢儿讲。”就镇定地回道：

“国家的财产，人人有权来过问，我们小组修理的床子，我更要管。”

金超群把笔一搁，抬起头来，脸上带笑不笑地说道：

“你来管，我们都走开，工场长请你来当吧。”

李大贵冷笑道：

“我当不了工场长，也不骗人！”

金超群大怒，粗声喝道：

“你嘴上放干净点，谁骗谁来着？”

李大贵用同样粗大的嗓音，回敬他道：

“写假报告，隐瞒损失，不是骗人?”

两个人你一句，我一句，针尖对麦芒，越吵越厉害。金超群两眼瞪得溜圆，嗓门更大了，叫道：

“你管得着我？你什么玩意儿?”

李大贵左手叉腰，站在对手的跟前，回他一句：

“你是好东西!”

金超群跳起身来，推开椅子，右手往桌子上一拍，骂道：

“混蛋，给我滚出去。”

桌面是三合板镶的。他这一拍，薄板发挥了丰富的弹力，摆在上面的钢笔、铅笔、印色盒、米突尺和两个墨水瓶，都蹦跳起来。一双墨水瓶蹦起来又落下去的时候，采取了卧倒的姿势，红蓝墨水淌出来，流满一桌，溅满一纸。红的和蓝的水流，顺着桌上的缝隙，分两道往桌沿蠕动，到了那里，停了一小会儿，就往地板上滴下。

李大贵再也忍不住，也用右手在桌子上狠狠地还了一记，嘴里骂道：

“你滚出去，什么玩意儿？现在不是国民党时代，你吓不倒人了。”

空的墨水瓶又翻腾了一下，这回一只瓶底朝天，采取了倒立的姿势，一只跳了一下，还是横躺着。

正是三班倒的工人交接班的时候，机修工场门口来来往往的人们，听到里边在吵架，好奇地进来看热闹，不大一会儿，小小办公室，乌压压地挤满一屋子的人。金超群展眼一望，人群里虽说也有几个职员，跟他还好，可能帮他，但一大半是工人，可能向着李大贵。他又看见李大贵左手叉腰，右手捏起了拳头。他想：“好汉不吃眼前亏。”又想：“让他凶吧，让大伙看看他的凶劲。”就尽力抑制自己心里的怒气，脸上装做无可奈何的可怜模样说：

“大伙看看这威势，上班时间，他无缘无故跑来找岔子，叫人还能办事吗？”

李大贵听到他说“无缘无故跑来找岔子”，心都气炸了，正要发作，人群里有人扯扯他的棉袄的后襟。李大贵回头一看，见是张万财。这位稳重的翻砂工正从动力部经过，听到吵闹，跑了进来，看见李大贵跟人家干仗，连忙挤过来，拉他到门外，低声对他说：

“你怎么当着这么多的人又跟人家吵？”接着，他附在他的耳朵边，悄声告诉他，“你不吵架，还有人在说你呢。”

李大贵气没有消，立眉瞪眼地问道：

“说我什么？”

张万财仍旧低声道：

“说你打腰了，说你骄傲。”

李大贵没有作声，他不进车间，离了张万财，找党的小组长汇报去了。

这一场吵闹，在职工中间留下了深重的影响，有一部分职员和技师站在金超群一面。平时嫌李大贵放炮的人，这时也发出各色各样的议论。这些背前面后的言论都对李大贵不利。

“金工场长再错，也不能由他来管呀。”

“他分内的活，不好好干，倒来管闲事。”

胡殿文的余党也趁势造谣。他们添枝加叶，以讹传讹，有的竟说，是李大贵拍桌子骂人，把金超群吓得脸都白了。

有些工人向着李大贵，但他们都忙着干活，没工夫去替他分辩。有些工人，由于帮派的关系，跟李大贵原来有隔阂，听了谣言，自然也半信半疑。还有一些人感觉李大贵跟先前不同，不爱接近大伙了。他们对他，也不像从前亲热。吵架后三天，晌午下了班，他骑车子回家去吃饭，从小东门经过，门口站一大堆人，正在嘻嘻哈哈聊什么，远远望见他来了，有人使眼色，人们一齐住了口，慢慢散开了。

受了群众的冷淡，李大贵心里不自在。党知道了李大贵吵架所引起的不好的影响，在小组会上批评了他。张瑞说：

“你跟他这样吵闹，是解决不了问题的，李大贵同志。”

余慧也说：

“李大贵同志，你把有理吵成没理啦！”

刘政委惋惜而又严厉地说道：

“你干吗跟金超群吵呢？他是什么人？你粗脖子红脸，拍桌打椅，跟他一个样，叫群众也不容易了解你。按说，这事你是完全应该过问的，可是方式不对头，在群众中反而产生了不好的影响。”

听到了这些批评，李大贵十分苦闷和烦恼。晚上回到家里，他仰脸躺在床铺上，一边抽烟卷，一边用他那只被扳手和榔头把子磨得起了茧的右手掌，拍拍脑袋，自言自语道：

“真是糊涂油蒙了心了，我怎么这样糟糕呢？”

正当李大贵苦闷和烦恼的时节，区委传达市委的通知，要调一批工人党员到市委党员训练班学习。支部选定的名单上，有李大贵。李大贵听了这话很高兴。他对余慧说：

“这真是正犯口渴，水就端来了。”

第二天，他带了组织关系，背个小背包，离了家里。李二嫂牵着小升子，送到银顶街的大门外。走了十来步，李大贵回头一看，小升子还在招手，他知道这是李二嫂教的。李大贵走到工厂汽车库前面，上了大汽车，升子的红彤彤的小圆脸，好像还在他眼前晃动。

党训班的课程有“支部工作”“党纲党章”和“唯物史观”。大家还听了董老和毛主席的秘书的报告，也听了一位部队干部讲长征故事。文化高的同学都记了笔记。李大贵记不来。课后，他借了同学的笔记，重温一遍，把要略抄下，有不懂的，就问人家。由于这样，他比别人更忙些。

他们班上也有女同学。在入学的头一个月里，李大贵不看女同学，姑娘们、大姐们也不注意他。到第二个月，形势起了一点儿小小的变化。

四月初的一天，党校的宽敞的操场里，槐树、柳树都放叶了，杏花也开得正旺。上完了“唯物史观”，李大贵这班，分成三小组，在院子里举行漫谈会。李大贵小组在一棵杏树底下，男同志盘腿坐在沙地上，女同志坐着小板凳。讨论由辩证法谈到人生观。会后，大家还不散，有人建议扯扯各人的恋爱观。男同志兴致勃勃，一致同意，女同志含羞带臊，脸颊泛红，低头不作声，但也都不走。谈到恋爱对象时，大洋马赵东明表明他的愿望说：

“我要挑一个姑娘里的顶好的姑娘，她思想好，文化高，脾性温和，模样儿又俊。”

话没有落音，李大贵笑着说他：

“你挑人家，人家不挑你？看你模样儿多俊：站起来，像匹大洋马，蹲下去，像只大对虾。”

大家都笑了。有个身量略胖的姑娘笑得最响亮，大家住了声，她还用手捂着嘴，哧哧地笑个不停。李大贵认识她是被服厂的女工范玉花，人都叫她“小胖子”。赵东明站起身来，要拧李大贵，被人拦住了。风把杏花的香气刮得飘满了空间，这香气给人们一种春天特有的温暖的感觉。闲谈继续着，谷德亮好奇地问道：

“要是你挑对象呢，大炮，有什么条件？”

李大贵笑道：

“我结了婚，还挑什么？”

“我是说，要是你没有结婚的话。”

“要是我没有结婚，我就找一个老老实实、平平常常的同志。她文化不高，我帮助她，模样儿倒不一定要出色，反正我也说不上漂亮，彼此不嫌唬，和和睦睦过日子，不耽误干活就得了。”

范玉花笑着瞟了他一眼，不知为什么，为了自己这一瞥，她害臊了，脸上微微泛出了红晕。她是一个结实的、快乐的姑娘，老是爱笑。她个儿不高，胳膀溜圆，胖得连脉络都看不出来，一头稠密的青得发亮的头发已经剪短了，两边用深红头绳扎成了两绺，其余都披散地垂着。胸脯高高地突起，长圆的脸庞现出青春的丰满柔嫩的仪态，杏树的低垂的花枝盛开的雪白的花朵，把她脸蛋衬得更鲜丽。她一笑起来，就露出一口整齐、紧密和雪白的牙齿。漆黑的眼睛的下边，略宽的鼻子的左右，却有几点几乎看不出来的细小的雀斑。她穿一套蓝制服，虽说是布衣裳，但也显得合适和精致。制服里边，是一件蓝地起白点子小花的衬衫，半旧的、小小的、尖角的花衬衫领子披露在蓝上衣的外边。蓝裤子的裤腿十分宽松，脚上穿一双白袜和一双深咖啡色的翻皮鞋。

李大贵平常没有工夫注意她，正和他不注意所有的女同志一样。这一回，她的愉快的笑声引得他多看了她几眼，李大贵是一个爱快乐的明朗的人。往后，两个人常常来往。但总是当着众人，谈的是功课。有一回，下了课，小范趴在课堂里的桌子上正在看书。李大贵喜眉笑眼走近她，坐在她身边。范玉花抬起头来，四处一看，同学都走了，空荡荡的课堂里，只剩他们两个人。带着闺女一种特有的、微妙的敏感，她满脸通红，打算走开，但又不想动，李大贵问的却是一句顶普通的话：

“毕了业，打算往哪儿去？”

范玉花低着头，假装毫不在意地，眼睛落在李大贵的粗粗大大的两手上，嘴里轻柔地说道：

“回被服厂。”

李大贵又问：

“回去干什么？”

范玉花的头稍稍抬起一点儿来，脸颊上的红晕也褪了一些，回答他说：

“干活呗。”

李大贵很不佩服地说：

“你们那是什么活呵？剪剪裁裁，裢裢补补，成天窝窝别别的。到我们厂去，搞重工业有多么痛快！”

范玉花批评他道：

“本位主义。”

李大贵说道：

“你怎么拿大帽子压人？去不去，还不是由你？”

范玉花笑道：

“我去干吗呀？你们的活，我都干不来，我又不是钳工，也不会抬铁。”

李大贵说：

“去做家属工作，我们那里几千家属还没有人管，你去正好。”

范玉花低头假装着看书，没有再作声。

这一次谈话以后，范玉花回到宿舍，心里充满了好奇的、愉快的感觉。她脱了衣裳，躺在被子里，把黑发蓬松的脑袋和稍稍发热的脸颊，枕在自己的冒着微汗的、裸露的、柔软的胳膀上。她的脑子里浮现了许多似乎不连贯的东西：钢铁厂的家属，李大贵的粗手，杏花的香气，“真好！”她心里想，“什么好呀？”她又自己问自己，忽然觉得脸发烧，不敢再想了。

往后，两个人更加接近了。范玉花一时半刻不见李大贵，就对什么都缺少兴趣。人们常常看见他们夜里在操场上坐着谈心。同学们，特别是从钢铁厂来的工人们，都深切地关注这件事。

一天晚上，摔不死谷德亮单独邀着李大贵，走到院子里的大槐树底下，肩靠肩地坐在沙地上。两个人不声不响地抽烟，半晌，谷德亮才没头没脑地问他：

“你们怎么样？”

李大贵已经猜到他的问话的含意，却装做不懂似的反问：

“什么怎么样？”

谷德亮咳嗽一声，扔了烟头，又从烟盒里掏出一颗烟卷来点着，然后开口：

“大伙叫我来，跟你聊聊，说什么‘放火是我，收火还由我’。没法推脱，这就来了。我说老李！咱们的交情，也算长远了，算起来，有八年了吧？二嫂子过门的那年……”

他把“二嫂子过门的那年”这句话说得又慢又清楚。李大贵烦躁地打断他的话：

“老谷，你有什么话，干脆说吧。”

谷德亮连忙赔笑道：

“对，对，咱哥俩都爱干脆。就是……”他又停顿一下，心里感觉到要干脆也还是难的。鼓足一把劲，他才慢慢吞吞地说道：“你和小胖子，你们怎么样？发展了吧？这都是我的不是，叫你谈恋爱，你就来了一出‘东吴招亲，弄假成真’。老弟，这可不是闹着玩儿的，不想李二嫂，也得想想你们的孩子。”

李大贵把头低下，半晌才转脸问道：

“就是为了这事吗？”

谷德亮听这口气，猜想李大贵的心可能动了，急忙回道：

“就为这事，没有别的事。”

李大贵沉思着，谷德亮只顾抽烟，等待着，不去打搅他，过了好一阵，李大贵才果断地说：

“好吧，赶明儿你瞧。”

谷德亮信任地点一点头，说道：“对，我知道你的。咱们劳动哥们，一个个都是这么干脆利落的。”说完，吸一口烟，站起身来，离开了他。走上几步，又回头看李大贵一眼。看见大炮低着头，正在痛苦地用手指挖掘地上的泥土，他摇一摇头，叹一口气，低声跟自己说道：“这事怨我，都怨我不好，干吗挑逗她？”他抬起右手，往自己的右脸上轻轻打了一个嘴巴子，算是一个痛切的自我批评，就摇着头，进屋去了。

第二天后晌，下课以后，李大贵身心疲惫，眼睛带上两个黑框框。他思索了一夜，现在果决地、大踏步地走到院子里，对着也在院子里的范玉花扬手招呼：

“小范，过来，问你一句话。”

范玉花红着脸，满怀欢喜，身不由己地跟李大贵一起走到操场里，两人肩挨着肩，坐在杏树下，杏树的落花，一阵一阵地随风飘在他们的衣服上和头发上。她顺手拾起一些来，把一朵朵的小小的紫色的花蒂噙在嘴里，迷迷糊糊地听李大贵问道：

“你今年多大岁数了？”

“问我年纪干吗呢？”她想。她的心突突往上撞，脸蛋连耳带腮地红了，她低着头回答：

“实足年龄十七岁，吃十八岁的饭了。属猴的。”

李大贵不自然地笑道：

“该找婆家了。”

范玉花的脸蛋更红了。她低着头，两手不停地卷着蓝布制服的衣角，卷上，放下，又卷上来，还哧哧地笑着，只是不作声。

李大贵又道：

“找着没有？说呀，害什么臊？总是要找的。”

范玉花没有开口，心里在想：这里和厂里，都有人对她有意。却还没有一个人，像李大贵一样，问她这些话。她不爱他们中间的任何一个。这位钳工却有什么吸引她似的。她连连摇头，眼睛羞怯地瞟他一眼，又低下头来，用手不停地卷着衣角，声明道：

“我不想结婚。”

李大贵这时稍许恢复了正常的平静，听了她的话，笑道：

“不想结婚，姑娘们都这么说。到了适当的时候，谁也挡不住，爸爸妈妈，拿绳子也拴不住。得了，小范别忸忸怩怩了，说正经话，我给你介绍一个好对象，姓牛，名福山，我的徒弟，我知道他的。”

范玉花听了他这话，好像闻到了一个炸雷，脑瓜震得一时失去了知觉，她瞪着眼睛呆呆望着他，好久都没有开口。李大贵继续说道：

“你十七，他十九，一对花才开，门户也相当：都是大老粗底子。”

范玉花半晌才清醒一点，抬头问他：

“你说什么呀？”

“给你保媒，牛福山是个有出息的小子，清清秀秀，干活也帅，正好配你。”接着，他声音微颤地说道：

“我盼你们好，特别是你，小范！你不知道我这心……”

范玉花没有把他的话听完，就跳起身来，满眼含泪，冲李大贵说：“谢谢你，你的心真好。”一口气跑出了操场，奔进宿舍，扑在床上，伤心地哭了。她没有起来吃晚饭。后来，她的同房间的同学说：“她轻轻地哭了一宿。大家都不好劝她，他们的事没有公开，怕越劝，她越臊越恼。”

往后，李大贵十分用功。他把精力全都用在功课上，竭力忍住跟范玉花单独接触和谈话的强烈的欲望。两个人冷静一些了，同学们也不再提起他们这事了。班上评论，李大贵在党的建设的知识和社会主义的思想上，都有很大的进益，不过说话还是欠考虑。班主任吕学东跟他谈过两回话，特别指出了他的这弱点。

到四月尽间，他们听了市委书记传达的二中全会的决议以后，学习结束了。分手的时候，好些同学拿出笔记本子来，要李大贵题字。这可叫大炮为难。他坐在桌前，提起笔来，歪着脑袋，想了又想，终于在每个人的本子上，一律写上“联系群众”四个字，这一句话，经过刘政委、吕学东和别的老同志三番五次的谈话，深深刻在他的心上了。

他也拿出一本深红布面的小本子，请班主任和同学们题字。

老吕写道：

回到工厂，注意党群关系，说话多考虑，别乱放炮。

吕学东　一九四九年四月

李大贵回来以后，发现在他不在厂里的这两个月里，刘政委他们做了许多的事情，工厂变化很大。党又发展了一批党员。刘政委组织了第一高炉大修指挥部，自兼主任，许文和张瑞为副主任。工会公布了一个临时劳动保险的条例，又正领导工人开展红五月竞赛。李大贵回来，立即卷入了群众性的工作热潮里，心上的风波渐渐平静了。

经过学习，李大贵不但了解了党的事业的巨大的规模和长远的路程，他也越发明确地认识：为了实现党的最近的和最高的理想，必须时刻注意团结人。他的政策思想大大提高了。脾气也好了一些，说话小心多了。他起早贪晚，除了自己分内的工作，还很热心帮助人。许多工人，无论公事私事，都找他商量。牛福山样样都听师傅的话。李大贵跟他详细谈了范玉花，劝他和她交朋友，又介绍他到城里看了她一回，牛福山十分满意，往后就常常通信。

李大贵担任了动力部工会的劳保委员。

他回来不久，就遇到一件事情。

动力部第一回水泵房的运转工人王子荣得了个怪病，医生说是脊髓膜发炎，工厂医院不能治。李大贵拿了代表室的介绍信，借了刘政委的吉普车，把他送到了协和医院。王子荣病得厉害了，协和也没有把他治好。李大贵又一手安排了死者的后事。前前后后，他奔走了一个多礼拜，家也没回，人都累瘦了，王大娘也说："李委员比至亲还强。"

王子荣去世以后，王大娘缺粮，来找李大贵。老李跟李二嫂商量，先把家里粮食匀出一点来给她。不几天，李大贵才下班回来，王大娘又来找他了，才落座，就抽抽搭搭哭个不停，接着就诉苦，说她家里粮食又吃完了，孩子们单衣还没有着落。一直到夜深她还不走，李二嫂不高兴地说：

"这也奇了，我们一不欠你，二不该你，干吗尽来闹？"

王大娘淌眼抹泪地诉说：

"我家天塌了，全家没吃的，孩子光着腚，不找劳保找谁去？"

李二嫂气愤愤地问道：

"劳保是你孙子吗？"

李大贵连忙喝住李二嫂：

"你甭管，快哄升子睡觉去。"他又转身抚慰王大娘：

"大娘，你先回去。明儿是礼拜，我进城去给你想个长远的法子。"

王大娘用手捂住脸，低声哭道：

"明儿就揭不开锅盖，叫我怎么办？"

停了一会儿，李大贵瞅李二嫂着了，连忙悄悄跑到厨房里，又匀出十斤小米，打发王大娘走了。

礼拜天一早，李二嫂和升子都还没有醒，李大贵轻轻起来，吃了三个冷窝窝，喝了一碗水，出门跨上车，赶到城里被服厂，找着范玉花，说明帮王大娘找事的来意，范玉花笑道：

"我们工厂正要招请一批锁扣眼的临时工，你快叫她来报名。"

办完正事，李大贵并不就走。他偷眼瞧瞧范玉花，接着笑问道：

“怎么样，满意吧？听说你们通信了。”

范玉花脸红到耳根，低着头没有作声。李大贵含笑又道：

“你拿什么谢媒人？”

范玉花用她的小小的肥实的拳头，在李大贵的脊梁上揍了两下说：

“谢你两拳，你们男同志都不是好人。”

说完这话，她立起身来，扭头就跑。李大贵在她身后叫唤道：

“小范，说正经的，小牛叫我捎封信给你，问你多咱到我们厂去？”

小范没有回答他，一溜烟跑了。李大贵又到别处办了几桩事，下午才回骆驼山。进了工厂，正要找张瑞汇报王子荣家的事情，在办公厅门口，他碰到许文夹个黑皮包，匆匆忙忙往里走。他含笑问道：

“哪儿去，许文同志？”

许文一边走，一边回答：

“去找刘政委，你打哪儿来？”

李大贵把他帮助王大娘的经过说了一遍，许文边走边说：

“正事忙不完，你管那干吗？”

一一

许文来到代表室，坐在沙发上，向刘政委汇报他整理科室的经过。完了他们又谈到大修，谈到供应组的工作，许文摇摇头：

“困难，困难。有些材料，根本买不到，高炉又等着要用。还有各个工种使用的工具和器材，都问我来要，我有什么法子？问供应组也是干瞪眼。”

刘政委想了一会儿说：

“报上登着东北各厂矿，发动了工人捐献的运动，成绩还不坏，我们也来试一下好吗？”

许文没有不同的意见。刘政委立即打电话，把余慧、张瑞和施真叫来，商量这件事，大家决定通过党和工会的系统，在职工中，号召捐献他们自己收藏的工具和器材。

一个礼拜内，工人献出了一千三百件有用的工具、材料和零件。

运动当中，有一个人拧着眉头，天天上下班，都要拐到小东门去看一看表扬捐献的人的大字报，看完就走开，一句话不说。这个人就是张万财。

化验室的一个工人献出了一只白金坩埚，轰动了全厂。晚上，张万财来到李家。李大贵正在吃饭，翻砂匠坐在窗口一把椅子上，耷拉着脑袋，抽着烟卷，李大贵诧异地问道：

“怎么了？”

半晌，张万财才道：

“老李！”才开口，又停住，拿眼睛看看李二嫂。李大贵会意，对她说道：

“你引升子出去玩一会儿。”

李二嫂走了以后，张万财才说：

“你在捐献动员会上讲的话，我觉得对，我们要同心协力，把工厂办好。只是有桩事，我还想不透，得问问你。”

李大贵停了筷子，等他开口。张万财起初还疑疑惑惑、吞吞吐吐。他把这事一直瞒着李大贵，觉得很不好意思。停了一会儿，他鼓足一把劲，坦率地说：

“我也有个高温计，还有把钢锯，是鬼子在时拿回家去的。那时候，你也明白，谁家也拿了一点，没有法子，都太困难了。”

李大贵起初有点诧异他的朋友也藏了东西，听他这样说，连忙点头道：

“谁说不是呢！”

张万财又道：

“我要是交出这两件，工厂会不会疑心我还有别的？”

李大贵道：

“那哪能呢？”

张万财还要发问，又不好意思开口似的，脸上也微微红了。迟疑了一会儿，他才试探：

“你说，要是我拿出来，人家会不会笑话？”

李大贵笑道：

“你太多心了。你拿的是帝国主义的东西，献给自己的工厂，这是好事，谁还笑话呢？”

张万财最担心的是李大贵笑他，特别先来探口风。听他这么说，他的心眼敞亮了，立即回去，从壁橱里取出一口破皮箱，打开箱盖，从烂布和麻片堆里，翻出一个高温计和一把钢锯，当夜送到了工会。

这事以后，张万财对工厂接近了一步。

除了捐献，供应室又派人上京津各处的小市，收买了大批旧货。器材缺少的难关，算是渡过了。

五月中旬一个多风的晚上，刘政委把高俊叫到代表室，嘱咐他道：

“这次捐献和收购的器材，交你保管，有些贵重的东西，国内一时很难买，要是损坏了，就要影响高炉的大修，请你注意。”

高俊答应：

“我知道，管保出不了问题。”

同天晚上，刘政委派人把余慧、许文、张瑞、施真、苑清和杨子美找来，在高炉大修指挥部，开了一个会，详细研究了工程小组拟定的大修的各种计划。会议完毕，刘政委带着计划打字本，乘着吉普车，连夜到城里军管会企业部去，请求批准，同时去跟兄弟厂矿接洽支援的技工。

刘政委走后，风刮大了。阵阵的黄沙，遮天盖地，太阳也变浑黄了。工人上下班，骑着车，顶着风走，原来只要半点钟的路程，要走一点钟。到晚上，风更紧了，平地卷起的尘沙，眯着人的眼，打痛人的脸。厂里电线吹断了八处，谷德亮带领电工们爬高上梯，冲着风，加班抢修。厂警们戴上风镜，拿着闪亮的电棒，到处巡逻着。

李大贵出了工厂，想回家去。风顶头刮来，不能骑车，他推着车走。九点钟才回到家里，吃罢饭，脱衣上床，倒头就着了。半夜过后，李二嫂摇着他的肩膀头，悄声地、紧急地说道：

“快起来，你听听，外边什么事？”

李大贵迷迷瞪瞪，起来又躺下，被李二嫂使劲摇醒。他只得坐起，揉揉两眼，仔细一听，外头一片叫喊声和脚步声，还夹杂了消防队的铜钟的叮叮当当的紧响。他慌忙跳下地来，披上小褂子，靸上鞋子，顺手推着车，出门朝西南一望，工厂里火烟弥漫，半边天都给烧红了，高炉和烟囱也都照亮了。李大贵跑到路灯下，翻身跨上车，往工厂赶去。马路上，厂门口，乌压压地，挤满了工人。人们有的叹气，有的咒骂，有的正在猜测失火的地点。门口一群人在和厂警争吵。怪他们把大门关住，只留一张小小的侧门，让工人进出。李大贵跳下地，扶着车子，挤不进去，他往后面张望，看见了牛福山，连忙招呼道：

“小牛，车子交给你，你要不骑，给我送回去，我得先进去看看。”

李大贵挤进了侧门，抄着焦炉后边的坑坑洼洼的小路，随着人群，朝火光奔去。离得近了，他才知道是化验室失火。

烧了半点钟，消防队才来。平常没有练，来了也不能爬高上梯。有许多人，站在火边直发愣。十五条水龙全被人铰坏，汲不了水。有个队员，找了一张梯子来，斜搁在墙边，才爬上五级，咔嚓一声，梯子断了，人摔下来，跌破了头。火趁风势，屋里噼噼啪啪响，火焰冒顶了，带着摇晃不定的通红的火舌，舔着窗户和门扇。许文站在房子的前面，急得直跺脚，两眼噙着眼泪花。工人越来越多，他们有的着急，有的发愁。有一个人说：

“这下完了，正缺器材，化验室又给烧了。”

李大贵忙问：

“器材都没有抢出来吗？”

许文说：

“没有。来不及了。快去断火路，谁跟我来？”

有一帮人跟许文往西边跑去，新提拔的化验室主任孙继仙也跟他去了。火焰是从西边延烧的。李大贵惦记着屋里的器材，忙向工人吆喝道：

“哥儿们，屋子里有贵重仪器，不能叫烧了，要烧了，就要耽误高炉的修复，来，来，有胆量的跟我上。”

李大贵带头冲进大门里。一大群工人，呼啦呼啦地都跟进去了。这些人中间，有谷德亮和赵东明，起重工张采也跟进去了。

他们进去才一会儿，烈火浓烟把门堵住了。大伙正担心，只见他们一个个拿着各色各样的仪器，从一个靠近门边的低矮的窗台上纵身跳出。李大贵抢出一只白金坩埚，交给了余慧。随后他们又往屋里冲。火焰封了门，好多窗户洞，也都喷火冒烟了。李大贵跃身跳上一个没有着火的窗台，十几个年轻小伙子，也跟着跳上，他们一个跟一个，又冲进里边去了。

余慧临时组织了几十个工人家属，拿着针线和帆布，帮消防队员把十五条水龙的窟窿都补好了。登时，十五条巨大的水龙，一端套在附近自来水的龙头上，一端吐出粗大的瀑布，往火烟滚滚的屋子里喷射，火光照映着腾空的弧形的水带，好像是一条条闪亮的银蛇。

水龙才把火势压下一点，风又把它扇起来。风助火势，火仗风威，屋架发出噼噼啪啪的声响，红通通的火焰，从各个门洞和许多窗口，吐出可怕的，想要烧毁一切的，摇晃不定的舌头，一阵阵的浓烟，夹着燃烧的木头的焦味，把远近的人都呛得透不过气来。

朝南开的八扇长长的窗户，七扇冒出了火烟。李大贵他们还没有出来，外边的工人都十分着急，余慧也慌了，跑到一个窗户口，头发被火焰烧焦了一边，被工人拉了回来。她站在空旷地一辆破卡车上，冲屋里大声叫唤李大贵，催他们赶紧出来。有一个人的脑袋在窗口伸了一下，又被火烟堵回去。尽东头，有一扇窗户，还没有冒烟，但是关得严严的。忽然，大家听到哗啦一声响，里面的人用凳子砸破了窗上的玻璃。李大贵手里拿着东西，从破窗户眼里，首先钻出来，接着，小伙子们一个个都跟着蹦出了窗口。

李大贵歇了一会儿，又要进去，站在近边的张万财慌忙拦住道：

“不行。你再进去，就别想活了。”

余慧也劝他：

“剩下的东西有限了，甭去了。”

十五条水龙长久地集中浇一个地方，等到那里烟消火灭了，才移到别处。这样，过了一小时，把火压熄了。

刘政委在军管会企业部商议大修的计划，接到吴宇告急的电话，连忙赶回来，一径跑到火场，火已经扑灭，人也都散了。化验室烧了一半，焦黑的砖墙里，还在冒出雪白的水汽和焦黑的余烟。刘政委跟余慧、许文和李大贵一起，在断垣残壁的四周走了一遭，他一句话也没有说。这是他的老脾气，心里不痛快，就不作声，只有绷着的脸和沉重的脚步透露了他的沉重的心绪。绕着火场看了一遍，他站在一盏路灯下，半晌，才简单地，声音里微含怒意地问道：

“高俊呢？”

余慧回道：

“他带领公安员小王到各个要害巡逻去了，怕坏人趁火打劫。”

刘政委脸色严厉地回头对陈德林说道：

“去找他来，我有话问他。”

大家都替高科长担心，寻思他免不了挨骂。他来了，简单地报告了事故的经过和消防队的狼狈的情况。刘政委没有骂他，只是用严峻的语气问他道：

“仓库怎么样？”

高俊回道：

“没有事。”

听了这话，刘政委的心绪稍稍宽松了，严峻的脸色和声调缓和了一些。他一边往回走，一边对大伙说道：

“都去歇歇吧，天快亮了。”

刘政委进城以前，高俊把工人捐献和工厂收购的器材收在仓库里，仓库没有事，大修不会受影响，刘政委心里轻松多了。

一二

失火后的第二天，刘政委给军管会企业部写了报告，叙述了事故的详情，并深深自责，请求处分。中共北京市委会和军管会企业部都派人来作了周密的调查。他们认定：高俊当然有责任，许文的过失却不小。在党内的检讨会上，大家批评许文整理科室太马虎，留用人员孙继仙，政治面目不清楚，惯会奉迎，许文信任他，提拔他做化验室主任。这次失火，孙继仙是有嫌疑的。大家批评得尖锐的时候，许文很难过，要求调工作，并且发誓不再搞工业，说工厂里过于复杂，再干下去，迟早会要蹲法院。

市委会和军管会详细研究了情况，决定采取一系列措施，来加强工厂的领导。厂里党员人数超过了一百人，依照党章，市委决定把骆驼山钢铁厂支部改为总支，派遣一位名叫邓炳如的老同志来加强党的工作。军管会企业部决定调走许文，对高俊也进行了考察，认为他对失火虽然有责任，但妥当地保存了大修的器材，将功抵过，仍留原职，免予处分。军管会又决定取消军事代表制，建立厂长制，并委刘耀先担任厂长。

许文夹着黑皮包上楼向刘政委办理交接，到门口，他看见陈德林正在帮助勤务员小宋取下代表室的木牌，挂上一块刷着铁绿色油漆，写了“厂长室”三个端正白字的新牌子。

刘厂长急切盼望邓炳如。他知道这位同志在老解放区办过火柴厂。

失火后的第三天，邓炳如来了。他是悄悄来到的，全厂职工事先没有一个人知道。大东门的厂警检查了他的证件，临时用电话报告了厂长。车子开到办公厅门口，邓炳如看见一个中年军人站在那里等候着，他知道是刘厂长，连忙下车，和他热烈地握手，一同上楼到了厂长室，稍许谈了几句见面话，两个人就商讨工作。邓炳如提起了市委书记的意见：工厂党的活动不能代替行政，但党的负责人需要深入地了解业务，慢慢地精通技术，钻进生产活动里，寻找它的规律，来丰富思想领导，并使自己有主张、有预见，对新鲜事物有锐敏的感觉。刘厂长认为市委这个指示很重要，希望他在支部大会上传达一次，接着，他打电话叫余慧、张瑞、吴宇、施真和李大贵等党的活动分子来和邓炳如见面。

邓炳如和大家谈话的时候，刘厂长才注意到这位新来的同志和同事，身上穿一套破旧的青呢制服，上衣袖口磨破了。脚上穿双棕色翻皮鞋。他个子不高，不胖也不瘦，年纪有三十八九的光景，两眼下边现出两个大眼泡，一看就知道是惯于熬夜的人。

在谈话里，邓炳如笑着说道：

“我们这些人，调来调去，什么也摸过一下，什么也不专，是真正的万金油干部。”

刘厂长道：

“你比我强，算入门了。”

邓炳如笑着摇头：

“不行，还不够‘半仙之体’。钢铁工业和火柴工业又是两码事，一切都得从头来，从头学起。”

往后，从直接接触中，也从市委同志的介绍中，刘政委知道邓炳如是个会钻研的人。他原是五台山区的一位木匠，一九三四年加入了中国共产党。往后这些年，他做过区委书记、县委宣传工作和县委书记。一九四六年，张家口解放，他调任新华火柴厂的厂长。乍到工厂，他看不懂报表。许多化学名词、元素代号，把他脑袋整蒙了。他失去了信心，打算请求组织调回原来的岗位。上级引用毛主席的话来教导他：“重要的在于学习。”他遵从这话。碰到不懂的，就问人家。他跟一位工程师学习物理，又常常跟老师傅闹到一块，他们的知识和经验，渐渐地都吸收到他脑子里来了。火柴的生产过程，他摸熟了。

新华火柴厂出来的头一批火柴，十根有七八根划不着。还有一些，头儿才点着，就和棒子分家了。再有一些更奇怪，也气人：划的时候，“啪”的一声，忽然发生了爆炸，把人吓一跳，还点不着。买了这种火柴的人，记住那牌子，往后，不光是自己不再买，还替它宣传。有一天，邓炳如的一位老朋友碰见了他，含笑问道：

“怎么一回事，老邓？你在取灯儿头上安炸药，打的是什么主意？”

刺激是大的，信心低落了，他想撒手，但又往回想：没有克服不了的困难，没有爬不上去的山头。他起早贪黑，刻苦钻研，跟工程师和老师傅一起，研究硫化磷，化验胶，检查木棒子，最后发现毛病在胶上，黄磷也有些问题。他要工程师换了原料，重新配制。过了三个月，新的火柴制成了，不掉头，根根点得着，而且，最要紧的是头上不再爆炸了。

邓炳如对于火柴的制造，成了行家。但是钢铁厂和火柴厂，无论在性质上、规模上，都是多么不同呵。一切都得从头学。“重要的在于学习。”毛主席的这指示，又浮现心头。他使用在火柴厂的老法子，跟老师傅和工场长常混在一起，有机会也找工程师聊天。他来工厂还不到一个礼拜，技术工人混熟了一大群。李大贵、谷德亮、赵东明、伍永和、张万财、苑清、杨子美、于松、牛福山和他的爱人，新从被服厂调来的女工、家属工作委员会主任范玉花，他都见过面，谈过话。

有一天中午，余慧去找他，发现他不在家里。她找他的勤务员小宋一打听，才知道他到谷德亮家去了。余慧忙赶去，只见他盘腿坐在谷家的炕上，家长里短地跟谷德亮聊天，好像是一家人一样。

在支部大会上，邓炳如传达了市委书记的指示。他又号召党员在一高炉大修中起带头作用。

总支建立了，刘耀先、邓炳如、余慧、张瑞、高俊和吴宇等十一人当选为总支委员。总支委员互选刘耀先为第一书记，邓炳如为第二书记。邓炳如宣布：等到各个车间的分支建立以后，总支就要准备党公开。

为了保证大修的顺利进展，总支在工地组织了一个临时支部，指定动力部支书余慧兼任临时支部的书记。工会也发动了劳动竞赛。

许文调走后，他的遗缺还没有人补。刘厂长和邓炳如商定人选时，两个人从各方面考察了苑清，觉得他合适，决定提拔他担任许文的遗缺：大修指挥部的副主任，担负工程技术上的总责。刘厂长说道：

“他可能会有顾虑，老邓，你得跟他谈谈话，代表党表示尽力支持他。”

苑清接到这任命，心里感到很兴奋，但也很害怕。他兴奋地想着：“在解放以前，只有老工程师才能担负这样重要的工作，像我这样年轻的小工程师只能做助理。今天，领导多么重视我。”但一转念，他又害怕：“上级这样提拔我，要是工作搞不好，完不成任务，不但会失掉上级的信任，老工程师还会站在一边耻笑我。而且，在技术上，我也没把握。”

正想到这里，小宋来叫他，说总支书记找他去谈话。他连忙跑去。

邓炳如的话充满了信赖、期望和鼓励的意思，临了，他说：

“大修的工程技术，我们当然还要依靠别的工程师，但主要的是看你的了。大胆地干吧，有什么困难，随时提出来，请示厂长，在工作中勤和工地上老师傅商量，我想，他们的实践经验，对你是有用处的。”

苑清受到党的鼓励和支持，愉快地担任了指挥部的工作，从早到黑，在高炉工地上奔忙。

大修机构确定了，外厂支援的技工也来了。工地上一千多职工日夜忙碌着。各种马达声，各色车辆声，铁槌敲击声，夹着打夯歌，在炉顶和炉外，汇成了嘈杂的一片。

小火车头还没有修复，铁路上和轻便铁道上，运输工人们推着成百轱辘马，来来往往，搬运钢材和砖块。煤渣路上，附近的农民们赶着胶皮轱辘车、铁轱辘大车、骡马、骆驼和一群群响着铃铛的毛驴，替工地运送木料、劈柴、河沙、粮食和蔬菜。有个小毛驴的木鞍架子上，前面贴着一张褪了色的红纸写的“福”字，后面贴的是一副春联，也褪色了，但字迹还看得出来：

“上山如猛虎，下坡似蛟龙。”

高炉左边，出铁场下面，三个大席棚子里，老瓦工邹云山率领三百多个工人正在不停不息地磨砖。七万多块新的耐火砖已经磨好三分之二了。起重工张采站在空旷的地面上，嘴里衔着口哨，一手挥动小红旗，指挥人们把炉上的破旧的零件，沿着高悬空际的钢丝绳，拆卸下来。铆工赵东明和他的伙伴，站在炉腰的平台上，正铆接铁板，风窝子发出机关枪声似的哒哒的震响。电焊工李玉深拴着腰绳，戴着面罩，骑在半空风管上，焊接着弯头。李大贵和他的小组忙着拆卸炉上的水箱和水管。

晚上，工地上照样忙着。炉顶的电灯，像明灿灿的群星，在高空闪耀。电焊和气焊的蓝宝石色的强烈的闪光，在高炉上下，忽明忽灭，晃着人的眼。

像在部队里组织一个战役一样，刘厂长成天在大修指挥部忙着部署，督促和检查各个工段的工作，有时夜深也不走。他很少回家。厂长室也不大常去。他要秘书吴宇留在那儿，和邓炳如保持密切联系，全厂其他车间的工作，小事他不管，大事他跟邓炳如在电话里商量着处理。全厂技术上的日常事务，他请杨子美照管，不时检查。杨子美也乐意多多办理他所熟悉的有把握的日常业务，来减轻他推辞了大修重任后的心上的不安。

刘厂长把全厂可能抽出的主要力量投入了大修，他自己也把全部精力集中在这重点工程上。他对余慧说：

“打仗要集中兵力，突破一点，取得经验，生产也跟打仗一样的。”

指挥部设在高炉近边一座平房的外屋，刘厂长的办公桌上安了全厂的电话和大修专用的电话，墙上挂了一张“一高炉大修主要工作进度表”。根据这表，他每天检查各工段工作。要是某一工段的实际进度落后于计划进度，他找苑清来，问明情况，就和余慧一起，分析原因，寻找解决的办法。他要掌握各个工段工作发展的均衡，特别注意高炉的本身，因为这是主要的工段。他常到现场去，就地解决职工提出的问题，在当时当地，他一个人不能解决的，他就记在一个小本子上，回去开会，大家合计。他的小本子总是随身带着的。

有一天，刘厂长在现场巡察，走到热风炉下边，远远看见一个瘦瘦的年轻人，穿一套灰布制服，上衣兜里插着钢笔和铅笔，还有折叠着的黄色米突尺。他才从铁扶梯下来，就有好些个人把他包围了。有人要求他校正图纸；另外有人给他一个白纸本，要他开张条子去领石棉绳；有位工长说，他们的氧气使完了，要他想法；又有人报告，炉喉钢板都不合规格；有位工段长说他那里还缺起重工。工程师随即坐在铁梯的最下一级铁板上，处理这些事。他手批口答，应接不暇，累得满头汗。找他的人越来越多了，看样子，他忙不完了。刘厂长看出这人就是工程师苑清。他叫人通知他，要他忙完了到指挥部谈谈。

苑清到了指挥部，坐在刘厂长对面，一边使手绢擦汗，一边汇报各个工段的进度和问题。等他说完，刘厂长笑道：

“我看你实在忙不过来。”

苑清回答：

“是呀，很忙，也很乱。”

刘厂长道：

“你应该利用行政机构，推动大家干。光一个人忙，不顶事。你只管那些非你不行的事情，有一些事，你就不必管。比方领石棉绳，你该叫他直接去找供应组，缺起重工的，应该找张瑞，他是负责人事调度的。”

苑清擦干汗水，点了点头，刘厂长又说：

“技术上的事，你应该多找老师傅商量。实践的经验常常能修正书上的理论。我们要发挥工人的创造性。这么一来，你这工程师也好当多了。”

苑清点了点头，心里却想：“记得这话邓炳如也说过的，不过是老生常谈罢了。”

大修所需的材料，本来是都不齐全的，工人找废料，献器材，供应组又上北京和天津的小市收购了一些，大部分材料都能对付供上了。只有电焊条一项还有问题，库存的六吨，堆在仓库角落里，屋顶漏雨，地下又潮湿，焊药全掉了，钢条裸露着，成了废品。供应组的人说：

“这下抓瞎了，北京天津都缺货，有钱也买不到手。”

各个工段，因为焊条供不上，快要停工待料了。苑清急得几夜睡不着。刘厂长找邓炳如商量，又开了一个会，决定由党和工会号召全体职工发挥创造性，大家想法子。

电焊工人李玉深响应号召，想自己试做焊条，但也没有把握。他暗暗盘算了一夜，第二天一早，请假进城，自己花钱买回了一些硼砂、黄血盐和碳酸钙等。下班后，他回到家里，戴起眼镜，悄悄地研究，每晚整到十二点，有时熬一个通夜。他的老婆和孩子连菜也不吃，省出钱来给他去买药。他不懂科学分析，只得用舌头尝，鼻子闻，来鉴定药品。他又搜集许多铁锈来代替氧化铁，把玻璃片捣碎，做成玻璃粉，把石棉瓦研烂，筛出清石棉，这一切，他都是瞒着厂里，暗暗进行的，有人把他的可疑的行径告诉了李大贵。有一天，李大贵一下班，就跑到李玉深家去问道：

“老玉米，你在家里神神鬼鬼的，干些什么呀？”

李玉深回答：

“现在不能告诉你，过些天瞧吧。”

李大贵看他正在铅皮桶里调和着什么，桌上摆一大堆瓶子和罐子，装着三十多种化学药品，还有一些掉了焊药的废焊条。他笑着说：

“我知道了，这是好事，干吗瞒着大家呢？”

李玉深连忙说道：

“做不成，怕人笑话，你别说出去。”

李大贵嘴里答应着，回到厂里，把这事情一五一十告诉余慧和张瑞。刘厂长和邓炳如也都知道了，大伙赶到李玉深家里，看他正在把一根根废焊条，伸入装着药浆的铅皮桶子里。刘厂长笑道：

“做这样好事，干吗瞒着我们？”接着他又鼓励他，并且说：

“要什么药品，使什么材料，只管告诉工厂里，别悄悄地自己花钱买。”

李玉深取下眼镜，不好意思地笑笑说道：

“这玩意儿我看人整过，可是，配什么药，每一样得用多少，都不知道，这不过是试试。就怕做不成，叫人笑话。”

邓炳如鼓励他道：

“好好干吧，做成做不成，都能得一次经验。”

刘耀先和邓炳如回到厂里，商量了一下，决定支持李玉深，立即派了个女工给他当助手，叫车间腾出一间房子给他做实验室，又送他三百斤小米，去填补购买药料的亏空，解决他家里的困难。李玉深感激得哭了。

这事在工厂里很快地传扬开了。有称奇的，有赞叹的；说怪话的，也不在少数。修理部的工程师于松，嘴很尖，听到这事，对人说道：

“兔子能驾辕，还要高骡大马干吗呀？”

苑清也半信半疑。

厂里这样重视他，人们又这样地说，李玉深越发着急，也越发用心。刘厂长和邓炳如天天轮流，或是一同去看他，他要什么，就给他什么。经过一个礼拜的试制，李玉深的头一批生铁焊条做成了。不久，又做出了软钢焊条，拿到清华大学去试验，质量超过美国货，价钱还比它便宜。

苑清亲眼看见李玉深这事，深深佩服工人的创造性，往后，遇到技术上和工程上的困难，他总是跟老师傅们一块儿商量。

一天，刘厂长看见苑清蹲在高炉炉口的泥枪边，跟一群工人一起，围着铺在地上的蓝图，在讨论什么。他不惊动他，也蹲在地上，听他们说话。苑清抬头看见了他，连忙打招呼，又请示他，新水箱做不出来，冷却设备还不能动手安装，该怎么办？刘厂长答应派人到翻砂厂去看看情况，随后又问：

“怎么样，苑清同志，还忙不忙？”

苑清笑道：

“现在不忙，也不乱了。”他指指老师傅们，接着说：“大伙都能出主意，不是我一个人单人独闯了。”

在刘厂长的领导下，工人和技术人员齐心奔赴同样的目标，各个工段的工程，都按着计划进度，均衡地、顺利地进行。不料，不久动力部又发生了一件事情，余慧和李大贵首先受到了震动。

一三

因为大修工作紧，李大贵晌午不回家吃饭。李二嫂天天提个铝质的、猪腰形的双层小盒子，给他送饭。这一天，李大贵正在更衣室的一张小桌旁，一边吃饭，一边听李二嫂说些家务事。对别的事，李大贵都不经心，一听李二嫂提起升子吵着要买个小枪，去打碉堡，他笑了。正在这时候，牛福山慌慌张张跑进来，连声叫道：

“不好了，不好了。”

李大贵连忙抬头问：

“什么事，这样大呼小叫的？”

牛福山用衣袖擦干脸上的汗珠子，气喘吁吁地说道：

“动力部锅炉房的八号炉子又坏了。”

听到这句话，李大贵扔下筷子，立起身来，跟着牛福山，往外就走。李二嫂在他身后嘟哝着：

“把这碗饭吃完再走嘛，厂里的事没完没了的，吃个半饱，还能干活？”

李大贵一径走了，头也没有回。李二嫂一边嘀咕着，一边收拾饭盒子，回家去了。

李大贵知道八号炉对大修和全厂的工作，关系重大。动力部锅炉房的九盘炉当中，有七盘炉早不能用了。正在使用的二号炉也发生了故障。刘厂长决定停二号炉，开八号炉。这盘唯一顶事的锅炉，才开几小时，就漏水了，水漏干了，会引起可怕的爆炸，刘耀先只得又把它停了。这样一开一停，用了冀北电业公司不少的电力。八号炉修理了六次，生过三回火，都没有成功，生第四回，才点着又坏了。每生一次火，要花价值两万多斤小米的好煤和劈柴，浪费了国家的财力，还严重地影响大修，许多工人不得不调来抢修锅炉。

听到这盘炉又漏水了，李大贵的心像刀扎了似的，哪里还吃得下饭？他撂下筷子，往锅炉房跑去。

这时候，刘厂长、邓炳如、余慧、张瑞和苑清也都来了，大家就在炉子上下检看和议论着。高俊也来了。他在研究事故的性质，是自然事故呢，还是政治事故？他检查了一阵，又在听取锅炉房的技术安全员的汇报。

看完以后，刘厂长、邓炳如、余慧、张瑞和苑清在八号炉旁边，合计了一会儿，定出了紧急措施的计划，党和行政决定从高炉其他工段抽调人员来抢修锅炉，苑清也调过来了。党又号召党员技工们集中全力进行突击。李大贵也自动来了。

余慧本是两头忙，高炉的工作才有点头绪，动力部锅炉房又出了事。她心里嘀咕着："忙了外边，又误了家里。"看见李大贵进来，她招呼他过来说道：

"偏偏事故又出在我们这里，真丢人现眼。"

八号炉修理了六回，李大贵回回参加了，这次又出了事故，他本来焦急，也很惭愧，余慧末尾一句话的重量就像全部落在他头上，他脸发烧了，低头不作声。余慧好像识破了他的心事，紧跟着说道：

“毛病出在修理上呢，还是运转上，还没有查清。咱们先甭管它，大家担心，我也操心的是这盘炉往后能不能修好？”

李大贵听了这话，心里松快些，抬起头来，热烈地回答：

“管保能修好，余慧同志。”

他心里盘算：“过去每回只图快，没保证质量，这一次要动员大伙，使出通身的本事，把这盘炉修得又快又好。”接着，他对余慧担保着：

“这一回，我们说什么也要把炉子修得又快又好。”

余慧微笑着赞道：

“‘又快又好’，好响亮的口号。可不知道你凭什么保证能这样？”

李大贵想了一想，回答道：

“我想叫老把式都开动脑筋；组织党员带头；发动大伙挑战。”

余慧点点头，随即叫他马上去找党员技工们酝酿，准备晚上七点钟，在锅炉房运转工人和修理职工的联席会议上发动竞赛。

晚上六点半，动力部木造楼房的一间朴素宽绰的办公室里，电灯拧亮了。职工们都陆续来到。总支书记邓炳如早就跟余慧来了。他蹲在长桌旁边的一条板凳上，噙着烟卷，一边拿起一支火柴棒，习惯地研究它的质量，一边听李大贵谈话。六点五十分，刘厂长到了。他展眼看一看办公室，人们都在三三两两地聊天，只有工程师于松一个人孤零零地坐在墙犄角，不跟任何人谈话，手里拿起一张报纸，耷拉着脑袋，装做在看的样子。刘耀先忙走过去，跟他拉拉手，坐在他身边，问这问那，于松显得很高兴，话也多了。刘厂长近来常常找工程师聊天，了解他们，关心他们，也跟他们学一些东西。工程师们说他和蔼、谦虚、高度负责，提问题明确，又有一股子力量，使人感到能依靠，乐意接近他，连谁也不服的自负的于松，见了刘厂长，也怀着亲切的感觉，愿意讲出心里的话来。只有一桩事，于松不肯讲，就是他和方俊兰的正在进行的恋爱。但刘厂长早已知道了，只是不说。

到点了。余慧站在长桌边，敲敲桌面，宣布开会。简略地说明了开会的意义，就冲大家问：

“谁有意见，谁打头炮?”她用眼睛瞅瞅李大贵。李大贵随即站起来，对大家提出问话：

“哥儿们，事故又出在咱们这儿，你说气人不气人?”说到这里，他停了，好像等待回答，但又没有等任何人开口，他就接着说：“这锅炉房的九盘炉，只有两盘顶用的，这两盘炉又老修不好。八号炉才修好几天，如今又坏了。要是有人跟我们说：‘你们还算是当家人呢，当家有这样当法?白糟蹋了公家两万斤小米，说不定还要影响高炉的大修，真给工人阶级败兴啦。’我们的脸搁在哪里?同志们，我提议我们一定修好这盘炉，保证它能长久使用。大家想一想，有把握吗?”

“有把握。”

“保险能成。”

几十个人同时回答，牛福山的声音最响亮。

李大贵明白，人们回答很响亮，心里还是勉勉强强的，就紧接着说：

“大伙都说‘有把握’，可是，话说出口来，是要作数的。领导同志也都听见了。工人阶级要说到做到。我们得把浑身本事使出来。我提议，这回修好了，保用三个月。在三个月内，出了毛病，错在我们。”

工人们听完这话，就三个一堆，五个一伙，低声地议论。有赞成的，也有反对的，有说三个月太长的，也有人说：“三个月不算长，也不算短，恰好合适。”有个钳工老师傅含笑说道：“这盘炉是个老病号，一点儿小伤风，就会引起大症候。保用三个月，是李大贵放的空炮，依我说，压根儿就不能保用。”有人和他争辩着。

刘厂长找邓炳如、余慧和苑清在一块算计，苑清认为，只要工人们修理时，都注意质量，保用三个月没有问题。邓炳如和余慧听说，就跟各个工种中有威信的党员老师傅一一交谈，鼓励他们带头保证。继续开会时，大洋马赵东明站了起来。他个子高大，站起身来，脊梁微微弯曲着，好像是怕顶破天花板似的，大家看着他那个样子，就都笑了。大洋马正正经经地说道：

“我们铆工活保用三个月，保证有多无少。谁敢跟我们比赛？”

伍永和应声回答：

“咱们车工活，保用四个月。”

李大贵跟钳工们小声商量了一会儿，叫他徒弟牛福山站起来应战：

“八号炉修好以后，我们保用五个月。在五个月内，炉子坏了，我们包修，出了事故，我们包赔，赔不起，就领罚，蹲大狱也不叫屈。”

这样一来，大家激动了，紧跟着，电焊、气焊、瓦工和壮工纷纷提出了保证的挑战和应战，起重工人张采连忙说：

“起重工是配合你们的。我们保证，随叫随到，不误大家伙。”

大家又合计了修理的期限，全场同意五天内交工。

刘厂长走了过来，坐在邓炳如身边。两个人低声交换了意见，刘厂长就起身讲话，表扬大家创造了包修保用的新制度，末后他说：

“动力部供电、供水、供风、供（煤）气，还供（蒸）汽，是咱们钢铁厂的魂儿，魂儿妥帖了，身板就能好起来。这一炮要是打响了，取得了经验，又保证了动力的充足的供给，高炉大修不愁不成功，‘七一’开炉，准能做到。希望大家从明天起……”

刘厂长的话没有落音，大洋马赵东明跳起来嚷道：

“干吗明天？今天动手，马上就干。”

起重工人张采把话接过来：

“对！说干就干，才算好汉。”他是有些快板口才的，说话都讲究押韵。

余慧起身说：

“会开到这里。修理工友先走吧，运转工友留一会儿，我们还要商量一点儿事。”

运转工人留下了，刘厂长告诉他们，鞍钢接受了苏联经验，实行了责任制，每人在他管理的机器和设备上，挂上自己的名牌，这样一来，责任分明，出了事故，一看就明白。这是消灭事故有效的办法的一种。运转工人都同意实行这制度。

刘厂长、邓炳如和余慧还在开会，李大贵带领各个工种的工人，拿着风窝子、榔头、扳子、千斤、瓦刀和焊条，拥进锅炉房，动起手来了。他们有的爬高上梯，登到炉顶；有的穿着用水浇湿了的棉袄，钻进了高温的炉膛去检看里面的情况。大家劲头鼓得足足的，下班笛拉了，也都不歇手。工会主席张瑞，亲自跑来干涉了，他对李大贵说道：

“加班加点，是不容许的，赶快叫大伙收工。赶明儿再来。”

李大贵从气包里伸出头来说：

“你也该瞧瞧，这是什么活？我们夸了口，五天要把八号炉修好，工程这么大，不加油，怎么能成呢？”

张瑞道：

“我不管这些，根据暂行的劳保条例，不准你们加班加点。”

李大贵笑道：

“毛主席长征，白天走一天，晚上还得打夜班，那时你怎么不跟他说‘主席同志，不准你加班加点’？”

张瑞说：

“看你扯到哪儿去了？你这是长征，屁股后头有敌人撵吗？”

李大贵道：

“没有敌人撵，也得加快呀，要不，就不赶趟，社会主义要晚到，帝国主义还要来欺负我们。”

张瑞生了气，扭身就走，到了门口，又回过头来，对李大贵说道：

“告诉你，我的责任是严格地执行劳保条例，保证工人的健康。跟你反正说不清，你二虎吧唧，仗着自己的身板结实，就不顾别人。大家累得慌，还很容易出工伤，你也不管。”

李大贵紧跟着问：

“我们出了工伤吗？”

张瑞生气地说：

“我不跟你谈，我找余慧去。”

李大贵看他走了，又拿起榔头和扳子，钻进气包里，一边叮叮当当干起活来，一边嘴里嘟嘟囔囔跟那也在气包里的牛福山说道：

“加班加点，是人家情愿，碍他什么事？”

牛福山笑道：

“他也是一番好意，怕我们累了。”

李大贵应声说道：

“你怕累，赶快回家吧。”

牛福山听了这话，知道他师傅也动了火，连他也都怪上了，只好不作声。

张瑞跑到动力部的办公室。这时候，刘厂长走了，邓炳如和余慧还在商量着什么。张瑞忙把他跟李大贵的纠葛，一五一十，跟他两人说了一遍，要求他们用党的名义去制止加点。

余慧忙道：

“工人的劲头正大，我们不能浇凉水。”

邓炳如想了一阵，才对张瑞说：

“你怕工人累，又怕出工伤，不许加点，这是对的……”

这话还没有落音，余慧着急说：

“完全不加点，八号炉五天交不了工了。”

邓炳如道：

“听我讲完。”他脸冲张瑞说：“李大贵余慧他们也对，要是完全不加点，怕完不成任务，耽误了一高炉大修。”

张瑞插嘴：

“要完成任务，单靠拼体力，也是不行的。最近市总负责同志特别强调地说明：‘单纯以加强劳动强度来完成生产计划是资本主义国家的方法。’”

邓炳如连忙说：

“是的，我们不能单凭气力，还要发挥工人阶级的创造性。可是，这样一个特殊的突击工作，工人竞赛的劲头才上来，不好泼凉水。”他沉思一会儿，紧接着说：“就这样好吧，五天内，每天只让他们加两个钟头，劝加点的工人暂时停止学习，使身体不至于过度疲劳。我们还可以建议行政，拿出一笔钱，作为加点费，给他们买点滋补的食物，鱼肉或鸡蛋。你们要同意，我就打电话跟厂长商量一下。”

这解决办法，余慧和张瑞都感到满意。邓炳如打完电话，告诉张瑞说：

“厂长同意拨笔钱。这事情就这样吧。”

余慧先走了。张瑞留下跟邓炳如商量工会的工作，他提出厂一级的工会干部太弱了，邓炳如考虑了一下，提议把李大贵提拔上来。

第二天晌午，抢修锅炉的工人怕耽误活，都不回家吃中饭，家属们把饭送来了。只有牛福山家没有人，得远远地跑到合作社食堂去吃，来回耽误很多的时间，也累得够呛。李大贵看见他这样，又想起了范玉花。乍一想到这位有着漆黑的眼睛和雪白的牙齿，脸上长了几点几乎看不出来的雀斑的姑娘，他的脸颊有点发烧，心还有点跳。他感到他怀着这种心情，对不起小牛，也对不起老婆。他使足劲去拧螺丝，干得满头汗。吃罢晌午饭，心里平静了，他钻进气包，一边干活，一边笑着对牛福山说道：

“你们怎样了？”

牛福山听到这话，脸上发烫，但是装做没有听懂似的反问道：

“什么怎样了？”

李大贵笑道：

“你小子也不老实了。那天，电滚子把你小指头砸破一点儿皮，你请一天假，干什么去了？你们多咱办喜事呀？”

牛福山听他连指头砸破这事也都知道了，只得跟他说：

“还早呢。她还嫌我……”

李大贵忙问：

“嫌你什么？”

牛福山回道：

“嫌我锻炼少，胆子小。”

李大贵笑道：

“你倒真有这毛病。前些日子，斗争胡殿文，你还不敢指名呢。不过不要紧，经历几回，胆就粗了，比方我，跟解放军去攻石头山那回，也怕……”

正说到这里，厂长室秘书吴宇慌慌忙忙闯进锅炉房，大声叫喊李大贵。大炮从气包里伸出脑袋来，脸上沾满赭红的铁锈和漆黑的油泥，手里拿着螺丝扳，笑着问道：

“有什么火烧眉毛的事呀，吴宇同志？”

吴秘书忙道：

“你孩子给开水烫了，家属委员会打电话来，叫你快回去。”

李大贵一听这话，稳不住心，脸上变了色，惊慌地问道：

“是吗？真的吗？怎么烫的？”

吴宇摇摇头：

“不知道。厂长怕你不回去，要我来叫。你快走吧。”

李大贵好像看见升子躺在他跟前，身上起一溜燎泡，痛得吱吱哇哇叫。他心像刀扎似的，恨不能飞回家去，但一往回想：这活是最当紧的，不能耽误。竞赛是我发动的，我这一走，备不住有人会说，“瞧他，嘴上倒漂亮，包修保用，五天交工，社会主义。但一听到自己孩子烫了，就溜号了，社会主义也忘了。”想到这里，他咬着牙根，稳一稳心，跟吴宇说道：

“现在我不能回去，这儿的活扔不下。”

吴宇又劝了一会儿，大炮不听，早把脑袋缩回气包里去了。吴宇知道，李大贵有这样的脾气，心里一旦拿定了主意，天塌下来，也不能叫他变动，劝也不中用。他摇一摇头，叹一口气，走出工地，去找范玉花，要她替李家去张罗大夫和药品。

一转眼，下班笛拉了，牛福山劝他师傅道：

“你回去吧，这活你甭管了。”

李大贵晃晃脑袋说：

“甭回去了，反正烫了，我回去，他也还是痛。”

嘴里这样说，心里却安定不下。小升子的泪痕满面的、痛苦的小圆脸，总是在眼前晃动。一想到这里，他心又像刀割了。

五点下班后，又过了两个钟头，加点的时限到了，工会秘书来监督下班，徒弟们忙着打水给老师傅们净手和擦脸，牛福山一手拿脸盆，一手提着一桶水进来，张眼一望，发现他师傅走了。

李大贵骑着车子，飞也似的往家赶。临近门口，他想：孩子到底烫得怎样了？能活不能活？他又想着：一定有一场大吵，李二嫂会说，“你还记得家，记得孩子，舍得回来呀？我们都死了，你也不会着急的。你这没有良心的……”李大贵还没有想好答话，左脚早已跨进门。出他意外，屋里鸦没鹊静的，针儿掉地上，也能听见。他看见李二嫂坐在炕沿，背对着门。听到脚步声，她扭头瞟他一眼，没有说啥，又回身轻轻拍着躺在床上的孩子。升子安安稳稳地躺着，看神色似乎还在昏迷状态里，右腿的下半截缠着雪白的纱布。李大贵走到床边，低低唤道：

“小升升，爸爸回来了。”

升子使劲睁开眼，又疲惫地闭上了。他歪嘴、皱眉、想哭，又没有声音。李大贵抬起眼睛，看见李二嫂两边眼角噙着两颗亮晶晶的大泪珠，他连忙控制自己心里的疼痛，装做平静地问道：

“大夫说啥？碍不碍事？”

李二嫂轻轻地摇一摇头，两颗泪花摇落了，滴在升子腿上雪白的纱布上。正在这时候，窗外有人叫：

“大炮，有你的电话，在宿舍管理处。”

李大贵只当厂里又出事故了，慌忙跑到管理处。

电话是邓炳如打来的，问他孩子的病情，并且说：他通知了医院，叫他们马上派个大夫来打盘尼西林针，给孩子消炎。

李大贵在回来的路上，心里充满感激的心情，他感到党的关心，无微不至。回到家里，他要李二嫂把房间收拾一下，大夫要来。李二嫂诧异地说：

“大夫不是来过了吗？”

李大贵说道：

“这回是来打盘尼西林针的。”

大夫打完针，升子安静地睡了，李二嫂也放下心了，李大贵才从容地问起经过。李二嫂进厂去送饭，家没有大人，升子淘气，爬到灶上去，把一壶开水打翻，洒在腿上，他号啕大哭，对门张大嫂慌忙跑过来，看见他躺在地上，右腿烫坏一大溜，都起泡了，伤势很严重。她听说，要是开水烫坏了身体的三分之一，就会有生命危险，她连忙去报告家属委员会。

李二嫂从厂里回来，孩子吱吱哇哇一股劲地闹，李大贵不回，李二嫂又冒火，又痛苦，不知道怎样办才好。正在这时候，范玉花领着大夫和护士来了。量了体温，大夫先给孩子吃了磺胺片，随后上了药，把伤裹好。这回厂里又叫大夫来打针，李二嫂说：

“工厂为咱们升子，接连打发两位大夫来，看了又看，瞧了又瞧，我们真成皇上了。”

接着，她又提起了从前的苦楚，对李大贵说：

“好了疮疤忘不了痛。你使足劲干吧，只有这样，才能报答咱们毛主席。家里的事，你都甭管。”

第二天一早，李大贵到锅炉房上班，看到铣锅炉排水管的工程，进度很慢，因为铣刀不够使。旧法造铣刀，每工只出三十把，供应不上。李大贵估量，八号炉修理工程的一切项目都能够如期交工，只有铣炉管一项，怕赶不上趟，关键在铣刀。他寻思了一阵，就跑到指挥部，跟刘厂长说，他能用药把生铁闷成钢来制造铣刀。并且保证：“那样能迅速铸造大量铣刀，满足需要。”刘耀先热烈支持他，鼓励他快做，对他说道：

“要用什么材料，自己上仓库去找，什么能用，就拿什么。人手不够，你看中哪个，就调哪个来帮你。”

李大贵说：

“只要牛福山帮我就行了。”

刘耀先又动员苑清跟他一起来研究。李大贵、苑清和小牛三个人琢磨了一天带一宿。他们找了一些废铁，打了一个铣刀模子，用焖钢法，把铣刀焖出，一工能造四千二百把。

大量地供应了铣刀，铣炉管的效率提高了二十五点六倍，赶上了整个修炉工程的进度。

八号锅炉五天交工了，工会在高炉上和东门外，都贴出了红纸黑字的大喜报，李大贵的名字嵌在美术字的标题上。

不久，李大贵接了张瑞的一个电话。放下话机，他又发愁了。

一四

张瑞在电话里通知李大贵，由于邓炳如的提议，他被调作工会的生产委员，厂长也同意。

李大贵十分发愁，担心干不了。到动力部支部转关系时，办完手续，他对余慧吐露了自己的心事：

“动力部这一摊子，我摸熟了，觉得还顺手。如今调去管全厂的生产，我一个大老粗底子，怎么能行呢？”

余慧鼓励他：

“怕什么？只要依靠群众，勤和上级商量，没有干不了的事。我原先是个文盲，比你还差劲。才参加革命，也有自卑心理，怕担责任，怕干大事。现在呢，上级分配我的工作，也能勉强对付了。”

李大贵又问：

“你说，乍一去，该注意什么？”

余慧想了一想，说道：

“我们应该学习刘厂长，做工作抓住节骨眼，别乱抓一气。目前，全厂生产的节骨眼，你也明白，是一高炉大修。”

李大贵点头：

“我一定全力去搞大修，可还是在你领导下，你得随时帮助我。把话说在头里，要是生产委员干不了，我还是要回来的。”

余慧问道：

“回哪里？”

李大贵回答：

“回动力部。”

余慧笑起来，说道：

“这也是一种保守思想：怕往前迈步。快走吧，一定干得下。如今青年团也成立了，咱们更有帮手了，你好好地依靠党团员，发挥他们的积极性，碰到困难，就开会商量。”

李大贵啰啰嗦嗦又说了一阵，看到等待谈话的人多了，他才退出来。

当了全厂工会的生产委员，李大贵黑价白日都在高炉工地上走动，由于过劳，他眼睛下边也现出了两个黑框框。

高炉旧件的拆卸工作，完成了一半。七万耐火砖都磨好了。旧砖拆完一大半。炉料扒到炉腰了。热风炉、煤气设备、上料设备和炉顶设备各个系统的配件的装修，都在顺利地进行。全部配件也都齐全了，只有两百多个新的紫铜扁水箱，一个也没有倒成。炉身和炉腰水箱的安装要是赶不上趟，全部工程进度都要推迟了。

翻砂场动手做水箱，有半个月了，却老是倒一个，坏一个，倒两个，坏一双，废品率达百分之百。职工都为这件事焦心。

在专题会议上，青年团总支书记施真主张开个废品展览会，来刺激翻砂场的老师傅。刘厂长摇摇头说：

“这不是办法。我看还是老李你去跑一趟，彻底把情况摸清，回来再商量。你不是跟张万财熟吗？”

大家同意厂长的提议。大炮不等会开完，出来骑上车，往翻砂场赶去。

时候是六月，熔铁炉烧得通红，干燥炉也生上火了，工场里热得透不过气来。工人坐在门外扇扇子，抽烟卷，捎带聊天。李大贵瞅着这光景，心里不痛快，却没有作声。他绕过他们，走进了工场。

坑坑洼洼、高低不平的漆黑的砂子上，码着一堆紫铜扁水箱，全是废活。三个学工正在无精打采做砂模。屋顶吊车停着不动弹。各式各样的木型撒满一地。全场静悄悄，一群家雀飞到地面上，叽叽喳喳，用小爪子在砂里扒拉，看见人走来，扑的一声飞上窗扇，在那里观察了一会儿，又飞了下来。瞅着这光景，李大贵心里越发不自在，但还是没有作声。他迈进了值班室，支书任平正在主持一个会，看见李大贵，连忙招呼：

“我们就完了，请等一等。”

李大贵出了值班室，走近废活堆，看了一阵，没有一个水箱没有砂眼，有一些坑有拳头大。李大贵正在生气，背后一个声音问：

“你看我们‘成绩’好不好？”

李大贵扭头一看，说这话的是任平，一位身躯略胖、脸庞微黑的三十来岁的男子。他是才从地方上调来的农民出身的干部。两人拉拉手，肩并肩地坐在近边一个木型上，任平叹气说：

“这是第三批活了，又都是废品，百分之百。”随后，他把身子靠拢李大贵，嘴巴伸到他耳边，低声说道：

“你来得正好，听说你跟咱们这一位，”任平一边说，一边用右手的微黑的、粗粗大大的食指在左掌心里草草画一个“张”

字，紧接着说道，“是好朋友。你得劝劝他，他要跳厂了。”

李大贵吃惊地问道：

“他要跳厂？”

他很诧异张万财近来的心事，对他完全陌生了，随即又问：

“为什么？他想上哪儿？”

任平说：

“谁知道他？他提过天津一家小铁厂，那意思是很明显的。”

“献器材以后，他不是往前迈步了？”

“谁说不是！可如今又往回走了。你劝劝他吧，你说的话，他会听的。”

“我去看看他。”

李大贵辞了任平，去找张万财。这位翻砂老把式，躲在干燥炉对面的南窗下，躺在一块木板上，有些像在解放以前的情景。李大贵走到跟前，笑道：

“睡得真好，就是少个瞭哨的。”

张万财没有睡着。听见“瞭哨的”这话，他睁开两眼，望着李大贵，想起从前两人同甘共苦，又一块儿对付过国民党反动派的往事，不觉也笑了，连忙坐起来，让李大贵坐在木板上，一边从怀里掏出烟卷，一边问道：

“是为水箱来的吧？”

李大贵点头。两人抽了一阵烟，李大贵正要开口，张万财忙道：

“甭说了，你的意思我明白，水箱倒不出，误了高炉的大修，都是我姓张的一个人的过错，要处罚，要开除，我都来领。”

李大贵听了这些话，严肃地说：

“谁也没说光是你的错，按理，我也应该检讨。”

张万财诧异：

“怎么你也要检讨了？你在动力部，这是修理部，这里出岔子，与你什么相干呢？”

李大贵道：

“我是工会的生产委员，水箱倒不出，没有早来跟大家合计，自然不对。”

听李大贵尽怪自己，张万财的气消了一些。他近来对新老干部，有意无意间，都有点儿疏远。如今看见李大贵这样，心里暗想：“都是工人，过去一起穿洋灰袋，吃混合面，有苦同受，有难同当，现在他成了干部，显出当家做主的样子，我还照样不长进，不丢人吗？”想到这里，他感到惭愧，低下头来，一声不响。

李大贵知道他的心动了，转弯抹角，又提到水箱。他问：

“我说老张，水箱这玩意儿老是倒一个，坏一个，你琢磨琢磨，到底是什么原因？”

一提到这事，张万财心里的火又上来了，他说：

“我怎么知道，你该问问他们去。”

李大贵紧跟着问：

“他们是谁？”

张万财道：

“还不是那班小伙子，他们结成一帮，尽跟我作对。在早是‘男服先生女服嫁’，如今你瞧瞧，我这是什么师傅？仇人罢了。我待在这儿有什么意思？听，下班笛拉了，家还有事，我该走了。”

张万财手也不洗，绷着脸，动身走了。李大贵找着任平，把张万财的话说了一遍。两个人商量一阵，又到技术员、翻砂匠和木型工当中普遍了解了一下，情况大体清楚了。献器材以后，张万财很卖气力。跟大家一样，他早来晚走，想往好处干。可是他不爱说话，而且，在难得说的三言两语里，他还流露一些迂腐的、陈旧的思想和看法，年轻气盛的小伙子们听着不顺耳，常跟他抬杠。张万财提个意见，要么给顶回，要么干脆给他个不睬。张万财干什么都插不下手去，说什么也不能算数。一般青工政治上都开展得很快，好多人入了党和团，担任了党、工、团的小组长，下班以后，一溜烟都开会去了，或是到俱乐部去了。剩下张万财，跟几个有技术的中年和老年工人，懒懒散散，坐在翻砂场角角落落的板凳上，彼此不说一句话，各自抽一会儿闷烟，就无精打采，哩哩啦啦，转回家去了，有些人回家，就对女人摔碗、干仗、拍桌子。

这回赶做紫铜扁水箱，厂长号召：这是高炉要紧的配件，全体工友要开动脑筋，使出本领，只许倒成，不能失败。张万财心里盘算：这回该露两下子，叫人瞧瞧啦。检查第一批水箱的头一个活时，发现一个拳头大的砂眼。张万财跟大家一起，热心地查看木型和砂模。他认为砂模的倒口不合适。这意见被顶回来。往后，他的心凉了。他暗暗寻思：

“凭手艺能吃遍天下，干吗要在这儿受这窝囊气？”

跳厂的心就有了，但他又舍不得离开，有时故意露出点意思，想叫人留他。不料大家跟他越闹越僵了。小伙子们批评他落后，他一声不响，怀里揣个小本子，带支铅笔。一发现大家伙的小毛病，或是听他们说错了话，他就悄悄地记下。要是有人指摘他或是嘲笑他时，他从怀里掏出小本子，把对方的缺点和错误大声念出来。

他跟大家越发疏远了。翻砂场接接连连出废活。

李大贵摸清了情况，回去详细汇报了。刘厂长立即和邓炳如召集干部会，商议对策，邓炳如提议指定张万财担任生产小组长。听了这消息，张万财心里高兴，脸上却不露出来。

施真出席了翻砂场的青年团支部会议，批评了团员不肯尊重技术工人的自高自大的思想，并且提出了尊师爱徒的号召。

师徒关系逐渐好转了。张万财把那记录别人毛病的小本子扔进了熔铁炉。有一天早晨，他看见黑板报上写了这样一句话：

张万财担任生产小组长，
老将出马，一个顶俩。

他感到痛快，但又发愁："要是水箱倒不出，一个顶俩，不是双倍丢人吗？"他使出通身的本事，早来晚走，和那戴近视眼镜的技术员老董经常在一起琢磨，他校正了砂模上的倒口和冒口，又用高温计，准确地测量了铜水的合适的温度，指挥人们把火红的熔液倒入砂模。

停了一会儿，从砂模里翻出一个新水箱，又是废品。

张万财慌了，手都抖动了。他退后几步，坐在木型上，一边抽烟，一边盘算：翻砂工是绣花匠，要出巧活，全凭手上的技艺。一切都得自己亲手从头来。他拿定主意，站起身来，把烟头摔在脚边砂子里，对着老董和他徒弟说：

"来，咱们重打鼓，另开张，你们帮帮我。这回倒不成，我也难吃这一碗饭了。"

他自己动手，重新做砂模，烤砂模。这一回他特别注意砂子的湿度。倒完铜水，他坐在木型上，为了忍住等待的焦急，他皱着他的短短的眉毛，使劲地抽烟。一会儿，他又站起身来，在高低不平的砂地上，神色不安地来回地走动，眼睛不敢望砂模。

过了约莫一刻钟，老董从砂模里把新铸的铜水箱翻出，大家一齐拥上去，仔细一检看，底上还是有一个砂眼。

张万财的脸青了，大伙的心思也沉重，却都没有说什么。还需要说什么呢？糟糕的、无可奈何的情势，谁都看到了。

黄昏下班后，张万财一个人留在翻砂场，双手捧起一些砂子来，细心地察看，像农民察看禾场上的谷粒一样。他看了一会儿图纸，又翻来覆去地检查木型的构造和大小。他一边这样做，一边苦苦地思索，始终得不到主意。到了九点钟，他趁着月色，回到家里。替他开门的张大嫂，在月光里，看见他无精打采，神态异常，慌忙问道：

“你怎么了？”

得不到回答，张大嫂随手把门拴好了，回到灶屋，把那热在锅里的菜和白面馍馍端出来，摆在桌子上。张万财食欲不振地勉强吃了一点点，就放下筷子。张大嫂一边追问他，一边拾掇着碗筷，张万财叹一口气说道：

“明天一早，你收拾收拾东西吧，咱们得走了。”

张大嫂撂下碗筷，吃惊地问道：

“你说什么？走？干吗要走？”

张万财歪在炕上说：

“你甭管，反正我是没有脸在这儿待了。”

张大嫂用抹布擦了一擦手，过来挨着他身边坐下，细细询问，他才一五一十把水箱的事说了，临了又道：

“这不光是误了翻砂场的计划，把一高炉大修也耽误了，我这副老脸，搁在哪儿呀？”

张大嫂听了，心里也着急，但又想不出什么法子替他消愁。她看他躺在炕上，困倦地闭上眼睛，就拿一条被单盖在他身上，关了电灯，自己也睡了，她听他没有一丁点儿鼾息，不久，嘴里还嘟嘟哝哝地念着：

“倒口，冒口，合适不合适？砂子的湿度呢……”

张大嫂忧愁地想：

“这个人疯了。”

过了一会儿，他不再作声。张大嫂以为他睡着了，就放下心来。忽然，把她吓一跳，在从窗口透进房间的一派月光里，她看见他用右手拍拍脑袋瓜，跳下炕来，自言自语道：

“毛病一定在这儿，我怎么早没有想到？”

他走出大门，往厂里赶去。张大嫂连忙撵出去，朝西边一望，连影子也看不见了。她顺便到李家串门。李大贵也没有回来，两位妇女站在厨房门口闲聊着，张大嫂埋怨：

“他颠颠倒倒，家也不认了，三更半夜，还往厂里赶。累垮了谁管他的饭？”

李二嫂安慰她道：

“你别着急，急也没用。他们都那样。”她说的“他们”，自然也包括了李大贵。

张万财赶到工厂，一直到二宿舍来找技术员老董。他拧开电灯，把老董从床上拉起，没头没脑地跟他说：

“准是砂模太硬了，铜水的热气没处跑，涨成砂眼的。”

老董坐在床沿上，愣了一会儿，揉一揉眼睛，理会他的意思以后，慌忙站起来，戴好眼镜，走到书架边，说道：

“我查查书看。”

张万财连忙拉着他的手叫道：

“甭查了，咱俩快去做两个试试，不成，你再回来查书，也不为迟。”

张万财把老董拉到翻砂场，拧开电灯，两个人动手做砂模，倒口和冒口都做得跟先前的一样。这回特别注意了砂子的硬度，让它不太松，也不太紧。赶到天亮，他们一连做好五个新砂模。

早晨上班后，他们烤干砂模，化好铜水。张万财把焦炭末、玻璃粉和镁合成的粉末撒进铜水里，强烈晃眼的白光一闪过去了。张万财和老董亲自抬着铜水罐，小心地把红通通的铜水从倒口灌进，看见冒口漫上了熔液，两个人又去倒第二个。

倒完五个，张万财撂下铁罐，用衣袖擦干额上的汗水，喘一口气道：

“这回要不成，我也完了。”

他的徒弟说：

“您去歇歇吧，熬了几夜了。”

张万财跑到屋角，找到那块他一向亲近的木板，仰脸躺下来。他合上眼皮，假装睡了，耳朵却机灵地倾听工场里的动静。半点钟以后，传来了砂子翻动的微声，铜活碰击的脆响，他连大气也不出地紧张地细听着。一会儿，他徒弟叫嚷起来：

“成了。”

老董也笑道：

“张师傅快来，这回倒成了。”

张万财滚下木板，正要跑过去，又往回想：“他们仔细看了吗？”他疑疑惑惑，装做满不在意的样子，慢慢吞吞走过去，蹲在地上，用一双轻轻抖动的手抹去水箱上面的砂子，仔仔细细摩抚了一遍，扁水箱的各面都光滑平整，没有砂眼，连一个针鼻大的小坑也没有，这回算是倒成了，一向老成冷静的张万财，这时候，眼圈也给泪水浸湿了。他盯着溜明崭亮的五个新的紫铜扁水箱，低声地说：

“妈呀，差点把人愁坏了。”

他的徒弟悄悄地跟老董使个眼色，笑着打趣：

“还是妈亲，活倒成了，他先叫妈，给她报喜。”

老董也笑了。他取下那副五百度的近视眼镜，用手绢擦擦镜片上的尘土。随后又把它戴上，跟大伙一起，带着欣赏的乐趣，翻来覆去检看这批新水箱。

任平把这事情报告了上级，刘厂长接到喜讯，连忙打电话告诉张瑞：

“水箱倒成了，大修配件都全了，快出喜报。”

话没落音，有人推开门，刘厂长抬眼一看，是运输部主任，他迎上去问道：

“怎么样，你有什么事？”

运输部主任说：

“一〇五号机车修好了，正在试车，请您去看看。”

刘厂长笑了，一边戴上便帽，一边又拿起电话告诉张瑞：

“再出张喜报，运输部一辆死车复活了，厂里运输问题算是初步解决了。”

刘厂长跟运输部主任才走到门口，电话又响。指挥部的女秘书拿起话机，听了一听，连忙叫道：

“厂长，电话，炼焦部来的。”

刘耀先对运输部主任说：

“你先走吧，替我跟大家道喜。”

说罢，他回到桌边，拿起话机，一会儿，又含着笑，把机子略搁一搁，又拿起来：

“喂，要工会。你张瑞吗？今天好消息真多。第一炼焦炉全部修好了，明天交工。叫你们宣传部再出一个喜报吧，用红纸多写几张，并且写上：‘七一’开炉的条件全部具备了。”

“厂长！”

才撂下电话机，刘厂长看见苑清跑进了房间，他笑道：

“你也是来报喜的吧？”

他仔细查看，发现苑清脸上的气色不对头，就紧跟着问道：

“怎么了？”

苑清一边取下帽子往脸上扇风，一边详细地说出了一个情况，刘厂长脸上的笑容逐渐消失了。他离开桌边，在房子中央来回地踱步，随后坐在转椅上，把手往桌上无力地一推，叹道：

“这样看来，‘七一’开炉是做不到了？”

苑清道：

“别说‘七一’，年底也不一定有希望。”

刘厂长向来的习惯是：“眼见为实，耳听为虚。”他要亲自去看看，他心里想：“事情没有这样严重吧？”

他叫女秘书打电话给邓炳如，把这事情告诉他。自己跟着苑清匆匆离开指挥部，往工地赶去。

一五

厂长和苑清走上通到出铁场的陡峭的铁梯，到了尘土飞扬的工地。不久，邓炳如、余慧、张瑞、李大贵和施真，先后来到了。老师傅谷德亮、赵东明、伍永和和李玉深，也都在场。人群里，还有一位穿着崭新的灰色斜纹布制服的中年人，就是老工程师杨子美。刘厂长首先和杨子美握了握手，说了几句话，就和大家一起，走到高炉紧跟前。他弯着腰，把头伸进一个风眼里，看了看炉里的结铁，随即直起身子来问道：

"工程项目里，没有这一项？"

苑清回答道：

"有，不过没有料想它有这么大。"

工人纷纷议论着：

"这都是鬼子干的，不按照手续停风，留下这么大的一个铁疙瘩。"

"这下抓瞎了。"

"好几个工段的工作都给耽误了。"

"'七一'开炉眼瞅不成了。"

"别说'七一'，年底也不成。"

刘厂长把这些话都听在耳里。他心思沉重，却没有作声。过了一会儿，他又往回想，早先那么多困难，也都克服了，这回也一定能找到出路。他看见李大贵站在身边，就问他道：

"你不是早知道有这玩意儿吗？怎么没有说？"

李大贵忙道：

"我跟苑清说过的。不过，我也不知道它有这么大。"

使得大家议论纷纷，满怀着焦虑的，是铁水、铁渣和焦炭铸成的一大块结铁，重一百多吨。炉底残渣碎铁一挖完，这块结铁像一座小山，大模大样地蹲在炉缸里，别说取出，就是挪动一下子，也不可能。大家围着高炉转，李大贵从风眼里钻进了炉缸。刘厂长也低头躬身，跟着爬进去了。出来时，两个人累得满头满脸都是汗，身上手上全黑了。刘厂长从衣兜里掏出手绢来，一边擦手脸，一边问道：

“怎么样，你们有什么主意？”

有好些人提出了一些意见。李玉深主张用氧气来拉，李大贵说不行。赵东明提议使榔头来砸，苑清摇头道：

“也不行，砸一年也完不了。”

刘厂长紧跟着问道：

“依你说，该怎么办？”

苑清想了一想，就提议道：

“我看用卷扬机吊块大铁，升到炉顶掉下来，又吊上去，这样一起一落，像汽锤似的，能砸得快些。”

余慧、施真和李大贵都说：

“这个主意好。”

刘厂长又问杨子美：

“你看怎么样？”

杨子美不敢肯定，附和着说：

“大家说行，也可以试试。”

刘耀先又问苑清：

“估计得多少日子？”

苑清蹲在沙地上，用手指在沙上画着，半晌，才起身说道：

“用半吨的铁锤，得砸一个月。”

刘耀先摇头：

“这样要耽误‘七一’开炉，而且会大量窝工。”大家拿不定主意，看了一会儿，谈了一阵，没有结果，就都走散了。

刘厂长回到指挥部，坐在转椅上，只管抽烟。邓炳如知道他心里发愁，也跟着来了。刘耀先抬头看看他，说道：

“我们的大修计划实在是粗枝大叶。”

邓炳如道：

“谁也没有这经验，技术水平又不高，往后就好了。吃一堑，长一智。”

刘厂长皱皱眉头说：

“往后的事，还管不着，眼前怎么办？高炉修个半拉子，退又不是，进又不能。”

邓炳如提议进城去请示。一句话提醒了刘耀先，随即起身道：

“对，我们马上走。陈德林，快叫老姜把车子开来。”

两个人坐着小吉普，半点钟就到了军管会。企业部的姚部长听完他们的报告，笑着说道：

“正好，昨天从沈阳来了十二位苏联同志，其中有一位是设备专家，准能解决这问题。我们明天就去请。”

刘耀先听了很高兴，连忙说道：

“干吗明天？今天就去请吧，大修工程，都快耽误了。”

姚明笑道：

“不行，应该让人家歇歇，他们才下车。”

刘厂长又道：

“最好今天去接洽吧。这个问题要不快解决，一千多工人都得窝工了。”

姚明听了，想了一想道：

“好吧，我待会儿就去。”看着刘耀先焦急的脸色，姚明笑着问：

“你怎么也稳不住心了？”

刘耀先听说苏联专家来到了，炉缸结铁一定能解决，就松一口气，从容地坐下，诉诉自己的心事：

“担子太重啦。这几个月，你看出了多少事：失火，打黑枪，出废品，缺器材，现在又是这个铁瘤子，往后还不知道会碰到些什么……”

姚明笑道：

“‘艰难困苦，玉汝于成。’在困难里，把你锻炼出来了。”

接着，他好像想起了什么似的，收了笑容，郑重地嘱咐：

“你们倒是要小心，那个通报你看到了吗？近来各处厂矿都不大平静。破坏事件一个连一个。现在你们先回吧，我马上去请专家去。”他朝门外叫一声：“警卫员，快叫辆车来。”

刘厂长回到厂里，正在厂长室跟邓炳如和高俊一起，商量着保卫事宜，勤务员小宋跑上楼来说：专家到了。高俊起身先走了。刘厂长和邓炳如都略整衣襟，迎下楼来，只见一辆胜利牌轿车停在办公厅门口，前座的车门开了，保卫员首先下车，把后面的车门打开，车里跳下一位女同志，二十来岁，穿一身洗成灰白色的灰斜纹布制服，头上夹着两个黑漆的发夹子。紧跟着，车上下来一位苏联同志，三十来岁，身体魁梧，淡蓝眼睛现出愉快的微笑，红润的脸颊刮得很干净，深灰色法兰绒西装的裤腿有两条直直溜溜的褶痕，起花的青缎子领带在白洁的府绸衬衣领子下，发出鲜亮的光彩，浅黄皮鞋擦得倍儿亮，头上却不戴帽子，柔软的金黄头发随随便便，披向后边。女翻译员章玉璞把宾主一一介绍了。握手寒暄以后，厂长把客人让到楼上会议室。铺着白洁的桌布的长方桌子的当中，摆着两盆绣球花、一盘梨子和一盘苹果。客人坐在沙发上，小宋提着开水壶，进来沏茶，随手端起桌上的水果盘，打算挪到沙发跟前的玻璃长方矮几上。小宋从这样近的距离接触苏联同志，还是头一回。他端着盘子，一边走，一边拿眼睛偷偷看客人，一只苹果掉下来，落在地毯上。小宋脸急得通红，慌忙放下盘子，拾起苹果，提着水壶走出去。

刘厂长把炉缸结铁的情况说了一遍，瓦里耶夫说要先看一看，才能发言。

大家到了出铁场工地，炉里、炉外、炉身的平台上、铁架子上、木梯子上和风管上的工人，都撂下工具，拍手欢呼。瓦里耶夫一边走，一边也鼓掌。

张瑞、余慧、施真和苑清都迎上来和专家拉手。刘厂长叫人把杨子美和于松也请来了。

出铁场两边的墙壁上和炉缸的围板上，到处贴着红绿纸标语。翻译章玉璞拣那要紧的译了几条。听到“欢迎斯大林派来的优秀的专家”“感谢苏联对我们的无私的、技术精湛的援助”和“中苏牢不可破的兄弟般的友谊万岁”，瓦里耶夫显然感动了，他走到炉前，抑制着自己的兴奋的情绪，简短地对大家说道：

“亲爱的同志们、朋友们，谢谢你们的热烈的欢迎。我们给解放了的中国人民带来了苏联人民的深深的友谊。我不是一个演说家，现场上也不是演说的地方，大家干活吧，我也动手了。伟大的毛泽东的新中国万岁！”

掌声还没有停息，他就把上衣脱下，挂在近边一根铜丝上。刘厂长知道他要钻进炉缸去，叫李大贵快去找套工作服，电工谷德亮从后边抢上来说：

“用我这套。”

谷德亮的工作服还没有脱下，瓦里耶夫早已从风眼钻进炉缸里去了。他站在炉底，用他富有经验的眼睛估量了结铁的大小，从工人手里接过一个小榔头敲了几敲，又看了看炉缸的情况：旧立水箱拆走了，露出了铸钢的围板。接着，他又测量了铁瘤和围板之间的距离，随后扔下榔头，照旧从风眼里爬了出来。他满头满脸满手满身都沾着漆黑的油泥和煤烟，雪白的府绸衬衫也沾满灰土，他用手绢擦擦手脸，就穿好上衣，沉思了一阵，他转脸对刘厂长说道：

“可以用炸药把它炸碎。”

苑清忙问：

“炉子不会炸垮吗？”

瓦里耶夫说：

“不会，炉缸的里里外外，我都察看了，围板结实，用黑色炸药是炸不坏的。记着别用黄色炸药。爆炸工作得由有经验的人担任。最好先在炉外使轻炮试验，看效果怎样，再行增减炸药的分量。每一炮的装药量最多不要超过零点二五公斤，炮眼和围板的距离，至少也得五百公厘[①]。”

余慧和苑清把瓦里耶夫的话详细记在小本上。大家一边谈论着，一边往回走。到了大修指挥部，才落座，瓦里耶夫就问道：

“大修以前，你们准备了多久？”

刘厂长和余慧一起，屈指算了算，说道：

“不到四十天。”

瓦里耶夫笑着摇摇头：

“太仓促了。苏联高炉大修的准备时间，要占整个时间的百分之五十以上。经验证明：准备越充分，大修时间越能缩短，

---

① 公厘，毫米的旧称。

质量还能好。”

瓦里耶夫接了刘厂长递来的烟卷，一边用打火机点烟，一边建议道：

“往后，你们再要大修或中修高炉的时候，应该预先印制一个‘机器设备缺陷表’，请工人把该补、该修、该换、该添的设备和机件，都填在上面，根据它来确定工程项目，这样，就不会手忙脚乱，遗漏什么。”

他欠身把烟卷伸到茶几上的烟灰盘边，敲落着烟灰，随即看章玉璞一眼，又说：

“指挥人员要根据计划，天天严格检查各个工段的工作，要熟悉各个工段、各个车间的相互交叉的关系，恰当地配备人力。”

又谈了一阵，刘厂长邀请专家去检看各个车间的机器和设备，走进送风室，工人揭开透平机上的大铁盖，瓦里耶夫看了几分钟，认为这是一部好机器。他用手绢擦擦机件上的尘土和油泥，又看了看地板，皱皱眉说：

“太脏了。肮脏是事故的温床。我们一定要注意机器的清洁，不要让屋子里有一丁点儿尘土和沙子。运转工人要穿干净的白衣服，像医院里的护士一样。一分钟转三千来转的精密的机器，只要掉进一粒小沙子，就会整坏的。”

章玉璞把这一段话逐字逐句译出来，说得很慢，也很响亮，让所有的人都能听清楚。瓦里耶夫接着又说道：

“在苏联，职工们爱护机器，就像战士们爱护武器一样，使用前后，都擦得溜干二净，不使上面沾一丁点儿尘土。”

他温和地笑着，好像要用微笑来润色他的直率的忠告一样。他又说：

“爱护机器，爱惜器材，应该成为全厂职工的普遍的习惯。

刚才我在高炉工地上，看见到处扔着水管子、水截门和氧气瓶子盖，我替你们可惜。特别是用无缝钢管压制的氧气瓶子盖，你们眼前还不能制造，扔了多可惜，我说了这些，你们不会生气吧？”

刘厂长忙道：

“哪里，你完全对。我们现在存在一种严重的矛盾现象：一方面缺乏器材，一方面浪费器材。我们正要开展一个反浪费运动，你的话是金玉良言。”

随后，刘厂长邀请瓦里耶夫到办公厅去。在路上，邓炳如走到章玉璞身边，笑着慰问她：

“累了吧？我看你一直没有歇气，你讲的话比我们讲的多了一倍。”

章玉璞实在有点累，但是她要强地摇摇头：

“不累，不累，天天都这样，早习惯了。”

说完，她又对他感谢地笑笑。

大家上了楼，进了厂长室。小宋把会议室里的两盘水果端过来，又在每个人面前，沏了一杯龙井茶。

吴宇走到刘厂长身边，轻轻告诉他：“部里来了个电话，说专家明天要到天津去，这里解决了结铁问题，其他能缓办的事，暂时不要麻烦他，叫他歇歇，也不用备饭，市委会和军管会已经安排了欢迎的晚宴。”

又谈了一阵，瓦里耶夫看了看手表，起身告辞，刘耀先得到了部里的通知，也不强留。大家送下楼，站在门口，一直看着车子走远了。站在人群里边的高俊，松了一口气，对李大贵笑道：

“你们倒省心，可把我的心都操碎了，生怕出事。”

大家说说笑笑，又都上楼，到厂长室讨论爆炸铁瘤的问题。刘厂长跟邓炳如说：

“刚才专家说，爆炸手得请有爆破经验的人，老邓，你看谁合适？”他心里其实已经有人了。

邓炳如道：

“我看非王团长不行。”

刘厂长笑道：

“我也想着他最合适。”

大家同意请驻军团长王志仁来负责爆炸。刘厂长去了个电话，一说就成。

晚饭后，黄昏前，王团长带领一排有经验的工兵，赶到了高炉工地。半年多没有行军打仗，王志仁胖了，精力更丰沛，也更快活了。他的连鬓胡子剃光了，红胖的脸颊上显出胡楂连成的两大溜青痕。刘厂长、邓炳如、李大贵和其他干部赶到现场时，王团长已经看过炉里的铁瘤，正在出铁场检查炸药、雷管和火绳。刘耀先笑道：

“你动作真快。”

李大贵也有半年没有看见团长了，忙上前招呼。王志仁打量了一阵，就一把抱住他笑道：

“是你么，老伙计？怎么不到我们那里玩？”

李大贵道：

“怕您太忙。”

王团长笑道：

“真会说话，不说不愿去，倒说怕我忙。有空请来玩玩吧，我们那里，跳棋、象棋、围棋、克郎球、扑克牌，都是现成，还有军委文工团的姑娘们教跳蒙古舞。”

大家说笑了一会儿，王团长忙着指挥工兵们，把炸药安在结铁的打好的炮眼里，就要动手试炮了。厂长上来说：

“老王，苑工程师担心高炉会受到爆炸的影响，你看怎么样，碍不碍事？”

王志仁又看了看高炉的里外，说道：

“我看，要能找些道木把炉缸围好，上面用木板挡住，不但炉身炸不垮，炉顶炉外，工人还能照常干活。”

刘厂长把邓炳如、王志仁、余慧、张瑞、苑清、李大贵和杨子美召集在一起，蹲在沙地上，仔细商量着，苑清还是有点儿担心，杨子美不表示肯定的意见，王志仁断定问题不大，刘耀先冷静地权衡了各方面意见，也凭着自己对于炸药的知识，推测了爆炸时的气浪的大小，又想起了专家的话来，像在战场上决定发动一个攻击一样，他的漆黑的眼睛发出明亮的光芒，果断地说道：

“炸吧，出了事，我负责任。谁去张罗木板和道木？”

李大贵应声站起身来道：

“我去。”说完这话，他马上离开了大家，跑下出铁场，找到张采，吆喝二十来个起重工，立即动手运道木，搬木板。

刘厂长又问王志仁：

“你看得多少时候？”

王团长道：

“只要放三十炮。我算了算，一炮一点钟，三十小时准炸完。”

刘厂长道：

“好，就这样吧。我介绍一下：这位是张瑞同志，工会主席，兼大修指挥部的副主任。人事调度，你都问他。这位是苑清同志，工程师，也是大修副主任。要什么东西，你都找他，专家的意见，他都抄了。这位女将，我们的余慧同志，动力部支书，兼大修工地的临时支书，各方面的事情，你都可以找她商量酌办。老邓和我，还要到炼焦部办点事去，这里就交给你了，我们等你的捷报。”

两个人走了。出铁场上，工兵们已经装好炸药，安妥雷管，点起导火绳。王团长吹着口哨，大家都远远地跑开，有的伏在低洼的地面，有的躲在旧的立水箱后边。不大一会儿，只听得轰隆一声响，像一个霹雳。紧跟着火光四迸，碎铁乱飞，一股硝烟从地上慢慢地腾起，铁皮屋顶震得哗啦啦直响。有一块碎铁，飞三丈多远，正在指挥卷扬机操作的起重工人张采差点碰上了。他把落在脚边的一块碎铁捡起来，怒气冲冲，跑到出铁场。他不认识王团长，把那黑疙瘩使劲往他的脚底下一扔，左手叉腰，莽莽撞撞地问道：

“你这是不是存心？你想谋害咱们起重工？”

看着张采的架势，又听了他的质问，王团长不知道怎么样对答，余慧和张瑞忙把张采拉到一边去，低声说了几句话，张采笑容满脸，走到王团长跟前，抱歉地说道：

“对不起，王团长，我不知道是您。说话没轻没重的，请您原谅。您炸吧，不碍事的。我们起重工人胆子是大的，什么也不怕。”

王团长笑道：

“我们不用再试了。不会再有危险了。”

张采走了。王团长把他扔下的铁块从地上捡起，托在手掌上，掂了一掂说：

“这玩意儿碰到人身上，自然了不得。道木可是炸不透。”

说完，他就和苑清合计：放三十炮，得领炸药六公斤，雷管三十个，火绳四十公尺。苑清叫供应组立即赶办。王志仁又转过身来，和张瑞商议，要他抽调高炉工人三十名，清理碎屑，再拨起重工人十二名，搬运炸开的铁块。张瑞马上亲自去调度。王团长自己带来的三十名工兵负责打眼、装药和点炮。各项工作都是三班倒，日夜不停地进行。

分派已定，人员都齐了，李大贵也来报告，炉里道木已经围好，木板平台也搭起来了。王团长下令：到炉里动手打眼。第一班工兵，带着榔头和八角钢钎子，从那唯一没有围上道木的风眼，爬进炉里，在铁瘤上，依照苏联专家指点的方位，叮叮当当，动手打眼。

半点来钟后，头一个炮眼打成了，装好炸药，安上雷管和火绳。担任装药点炮的班长上来请示，王团长又爬进炉缸，检查了炮眼的大小、炸药的分量和火绳的尺寸。看到一切妥帖了，一切都跟专家的意见相符合，就叫大家快出去，自己也忙钻出来，叫人点起导火绳。五分钟后，天崩地塌，一声轰响，人们远远地望去，风眼里火光一闪，一股浓烟，透过枕木的缝隙，穿过四围的风眼，冒出炉外，气浪把高大的炉身震得微微晃动了。人们拥上去，王团长、苑清和李大贵都钻进炉缸，一会儿，又都爬出来。李大贵笑道：

“行了，‘七一’开炉没有问题了。”

三十小时内，放了三十炮，铁瘤炸碎了，炉底清除了，工人已经动手安装新的立水箱。刘厂长和邓炳如正在会议室开会，听见喜讯，忙打电话给吴宇：

“叫他们出个喜报！”

接着，他想，不久以前，才报喜，就发现了铁瘤，谁知往后还有什么事情呢？就在电话里吩咐吴宇：“等一等，先别报喜，等开炉时一起庆祝。”

各个工段的工作，又走上了平稳均衡的轨道，上上下下，都日夜紧忙。杨子美虽说天天照样地上班，但在大修工程上，因为一开始没有参加，插不下手去。他对忙忙碌碌的苑清有些羡慕，也有点嫉妒。他本来孤僻，现在更没有谈心的人了。这一天晌午，下班后，在回家的路上，他忽然记起一个人，想去看看他，听他谈谈投合自己这时候的心境的什么。

一六

杨子美要找的人，就是动力部的工程师于松。在技术上，他看不起于松，正和他看不起一切年轻的工程师一样。但于松嘴快，常常说出一些自己想说而又不敢说的话，使他感觉到痛快。由于这样，他有时还跟他来往。

才走到于松房门口，一阵香水和肥皂的浓烈的气味迎面扑来，杨子美忍住心里的郁闷，装做轻快地笑道：

“好香，好香。”

于松才从办公室回来，洗完手脸，正在对着墙上的一面镜子细心梳理他的头发。杨子美的称赞惊动了他。他忙往外看。梳子停了，一会儿又在漆黑光滑的头发上移动起来。于松一边照旧审察镜子里的自己的仪态，一边笑着招呼道：

“请进，请进，什么风把您刮来了？”

杨子美坐在一张单人沙发上，展眼一望：看见床上铺着描花的白洁的床单，摆在房间中央的一张小小的圆形的茶几，铺着浅蓝方格的桌布。窗前长方书桌上，有一盏深绿瓷罩的台灯，还有一个插着对叶梅的景泰蓝花瓶。一个精致的黑漆的镜框挂在床铺对面的粉墙上，里面镶着一个体态苗条的扎两条辫子的姑娘的小照。杨子美赞道：

“你真幸福。”

于松听了这句话，放下梳子，给杨子美倒了一杯白开水，自己坐在书案跟前的椅子上，深深叹了一口气，半晌没有说什么。杨子美暗想：“看样子，他也有心事。”就试探地问道：

“你年纪轻轻，前程远大，干吗叹气呀？”

于松摇一摇头，又叹一口气：

“唉，老兄，你哪里知道？我是一个没有希望、活着没有意味的人了。”

杨子美十分惊异，想到自己近来的心绪，对他怀抱着深深的同情，连忙问道：

“你怎么了，谁委屈你了？”

于松起初慢慢吞吞地，一会儿就滔滔不绝地说起他的心事，他的爱情，使他朝思暮想废寝忘餐的爱人方俊兰。他仔细地叙述了他们相识的过程，连她最近忽然不回信的事，他也坦率地、伤心地说了。他不停地谈着。杨子美起初还有点同情，后来感到腻烦了。于松根本没有理会杨子美的气色和心情，只顾说他自己的：

“姑娘的心，真像天上的星星，它又神秘，又遥远，可是，它为什么要睐眼睛呢？老杨，你说，为什么？”

杨子美心想：“去你的吧，不知道是从哪本书上捡来的。”嘴里却温和一些，只说了一句：

“我怎么知道呢？”

于松没有注意他回答什么，还说他的：

“有一天晚上，在水池堤上一棵榆树下，她靠在我的身边，我听到了她的急促的呼吸，我的心都停止跳动了。她低声小语，谈到了我们的幸福的将来。为什么没有几天，她又翻脸了，连信也不回？你说，这到底是什么道理，老杨？”

杨子美越发烦躁了，心里想道：“混蛋，你问我，我怎么知道？”嘴上却省略了粗鲁的字句，语气还是照样地温和：

“我又怎么知道呢？”

于松又道：

“她翻了脸，连信也不回，我去找她，碰了一个软钉子，你说，老杨，我为什么这样傻，为什么？”

杨子美又好气，又好笑，心里骂道：“你为什么这样傻，该问你的母亲去。”但他没有说出口，怕连他也得罪了，厂里越发没有谈心的人了。他使劲忍住心里的腻烦，温和地、半开玩笑地说道：

“老弟，你的这些问话，都是难题目，叫人不好回答的。爱情是花蜜，一个人吃在嘴里，是甜蜜的，要是吐出来，叫大家来尝，那就不免有点发酸了。”

说罢，他起身要走。于松慌忙堵住门，不让他出去，继续要他听，直到上班笛拉了，他才得到了解救，逃跑出来，一个人怀着孤单的感觉，走进办公室。

于松走到镜子跟前，重新用梳子拢了拢头发，走出宿舍，绕到医院的门口，想在那里碰到方俊兰。没有看见她，他又拐回来。他调到了高炉工地，担负砌砖工段的责任，但是从不到现场。他一路低头想着方俊兰，往大修办公室走去。

在这同一个时候，一千多个大修工人，正在各个工段紧张而热烈地劳动。大家都自动地取消了茶歇和午睡。

砌砖工作，分三层进行，瓦工们运用流水作业法，每三人一组，一人摆砖，一人沾浆，一人拿着木锤子，把沾了泥浆、摆好了的砖块轻轻敲正和敲平。

老瓦工邹云山，正在砌炉底大砖，忽然有人来通知，他的久病的老伴去世了，要他回去。他心里一震，抬起头来，悲哀地，仿仿佛佛，好像看见了他的老伴，但一晃眼，又好像看见了躺在雪地上的赵五孩。他愣了半晌，含着两泡泪，最后果决地说道：

“不，这儿活正紧，我不能丢手，有我大小子在家里料理，我不送她了，她知道我是为了祖国的工业化，地下有灵，会原谅我的。”

说着，黄豆大的一颗眼泪，滴落在耐火砖上。他用手背擦了擦眼窝，又躬起身子，继续摆砖。

于松还是没有来一次。安中心线那天，邹云山特地去请他，也请不动。

炉腰的新砖砌好十三层了，各个小组发动了竞赛，大家一股劲地往上砌。李大贵爬进炉里，给工人打气，捎带检查砖缝合不合规格。忽然发现右边的砖好像鼓出了一点，他连忙出去，找到苑清，两个人又爬进炉里，苑清用钢带尺一量，第十三层砖果然鼓出两糎①，越往上砌，越要鼓出。苑清慌忙叫大家停工。他一边检查中心线，一边打发工段长去打电话报告上级。

一会儿，刘厂长、邓炳如、余慧和张瑞先后赶来了，都爬

① 糎，毫米的旧称。

进炉里，看了一下，刘耀先问苑清道：

“只有两糎，不碍事吧？”

苑清回答：

“半糎也不行，越往上砌，鼓出越多，非返工不行。”

刘厂长说：

“返工是工人最头痛的事。”

苑清道：

“头痛也没法，要不返工，开炉以后，老爱挂料，头更要痛了。”

大家都爬出炉外，刘厂长道：

“到指挥部去商量商量，看怎么办。请邹云山工友上来一下。”

邹云山手里还拿着瓦刀，从风眼里爬出炉外，见了厂长，恭敬地站在一边，眼圈儿还是红的。刘厂长紧紧握住他的手，说道：

“我说老汉，听我的话，还是回去看一看。”

邹云山道：

“不，厂长，我家住在长辛店，离这儿远，这一回去，连往返，带耽搁，得两三天，误了公家活，事情就大了。”

刘厂长点头赞叹：

“自己老伴去世了，还不肯请假，这精神值得大家学习。可你也不用焦心，别难受了，我们打发个人去，帮你料理。”

邹云山忙道：

“甭费事了，我大小子现在家里。他能办妥的。反正一切后事都准备好了，寿材也有了。我下去了，厂长，谢谢您关心。”

他又钻进了炉缸。刘厂长看着他的微弯的背，赞道：

“真是一位老英雄。”

邓炳如对张瑞说道：

“快给他家寄点钱去。”

张瑞答应着，立即派人办去了。

邓炳如对刘厂长说道：

“我们得赶快商量，作出决定。几个小组停了工，在等我们呢。”

大家到了指挥部的办公室，刘厂长问苑清道：

“你看毛病出在哪儿？”

苑清回答：

“我到炉里看了一下，毛病出在中心线。”

刘厂长道：

“你详细说说。”

苑清道：

“中心线是根瓦斯管，又细又长，用气焊焊接时，给整歪了，安装时没有调直，砖也跟着砌歪了。”

刘厂长显出严峻的脸色，用他的漆黑的闪闪发亮的眼睛看大家一眼，语调里略含怒意地说道：

“这不又完了。”

苑清低下头来，好久不作声。邓炳如怕苑清多心，连忙说道：

“这工段是于松管的。安装中心线的时候，他来了没有？”

余慧回答：

“他压根儿没有到现场来过。”

大家商议了一会儿，决定返工，就是说，要拆除十三层鼓出的耐火砖，调直中心线，从头再砌。

消息传到工地时，工人纷纷埋怨和议论：

“于松一人不负责，我们三天三宿就算白干了。”

“这叫做一将无能，千军受累。”

“他眼珠子朝天，瞧不起咱们工人。”

“咱们也还他一个瞧不起，他什么玩意儿？资产阶级！”

“我看本事也不见得高，要高，还能尽叫人返工？”

“是呀，不肯到现场，准是没本事。”

“天天追女人，上班也写信，还能有心到现场里来？”

“他看上谁了？”

“医院里的一个扎俩小辫的大闺女，名叫方俊兰。”

“听说又吹了。”

“活该。他叫我们返工，方俊兰要有出息是不会嫁给他的。”

“那可不一定，他花说柳说，谁知道在她跟前吹些什么？”

工人们一边嘲骂和议论，一边拆砖。苑清带领技术员换装了一根新的直直溜溜的中心线，砌砖又从炉底重新开始了。

因为这事，刘厂长注意了于松。他问了高俊，知道这人政治上没有问题，也没做坏事。经过了解，刘厂长又知道于松的父亲是银行职员，母亲是时髦太太。生长在南方富裕的小市民的家庭里，在政治上，他是淡漠的。他正在恋爱。最近遭受了方俊兰的拒绝，他每天下班，就去喝酒，工作不安心。

了解了这些情况以后，刘厂长在干部会上又提起了于松。他提议邓炳如亲自跟他谈一谈，因为他想：于松傲慢，除了他和邓炳如，心里眼里，没有旁人。别人怕谈不进去。

刘厂长又要余慧自己，或是找人设法解决他和方俊兰的恋爱的纠纷。余慧笑道：

“其实也没有什么大纠葛。方俊兰听范玉花说于松落后，年轻姑娘爱面子，觉得跟一个落后的人要好，太丢人了，又怕小范那张不饶人的嘴。她一边哭鼻子，一边写信拒绝他。现在只要小范说句话，他们两人就能再和好。”

跟邓炳如谈话以后，于松感到很荣耀。他从前说过怪话，邓炳如好像不知道似的，跟他说了不少亲切的慰勉的话，他知道组织上信得过他。他想：“我得好好干，才对得起人家。”为了夸耀这件事，他马上写信告诉了方俊兰。小方听了小范的劝告，回了一封信。于松读完她的写在粉红信笺上的短简，高兴极了。他忽然觉得工厂里的一切都是美丽的。

李大贵这天到高炉上去，正在安装水管的牛福山笑着跟他说：

“告诉你一件新闻：于松今天也来了，不容易呀，还钻进炉缸里去了。”

听到这话，李大贵立即赶到大修办公室，跟于松拉拉手笑道：

“你上了工地，工人对你印象可好啦。”

听到这话，于松心里很欢喜，放下铅笔，跟李大贵谈了一阵，临了，他说：

“咱们往后多多联系吧。”

李大贵点一点头，笑着说道：

“对，咱们要多多联系，好好配合。”说完，又跟他拉手。

李大贵从大修办公室出来，迎面碰到一个人，一把拉住他，说要跟他合计一桩要紧事。

一七

李大贵碰到的人是公安科长。两个人一路说笑，到了办公厅的公安科。两人坐在弹簧坏了的沙发上，高俊看了看室内，见没有外人，就笑着问道：

"听到什么吗？"

李大贵笑道：

"忙着大修，我成聋子了。"

高俊探身凑到李大贵跟前，低声说道：

"'七一'快到了，高炉也快要修好。我们的工作也更紧张了。现在有这么些情况：前些天，锅炉房的煤堆里发现一个雷管，这是矿山来的自然爆炸物呢，还是有人故意埋下的，没有搞清楚。变电所近边有个手榴弹。轻油精炼场有人撂下了五根洋火，这些迹象不能不引起我们的注意。"

李大贵听了，感到很严重，高俊还是平平静静地笑着继续说：

"我们打算把各部的安全小组健全和加强。你知道谁能担任这工作？"

李大贵问道：

"你要什么样的人？"

高俊道：

"要历史清楚、作风正派的工人，顶好是党员，或是团员，还要懂技术，对厂里的设备和道路都很熟悉的。"

李大贵想了一会儿，没有作声，他不知道谁合适。高俊从衣兜里掏出一个名单来，递给李大贵，紧接着说：

“这是我们挑选的，你看行不行？”

李大贵看见名单上写着：谷德亮、赵东明、伍永和、李玉深和张采，还有牛福山。他点头赞成，接着又说：

“翻砂场的张万财，虽说还不是党员，人倒十分可靠的，干什么也很实在，迈一步，有一步脚印。”

高俊忙问：

“他技术怎样？”

李大贵道：

“有数的老把式。”

高俊又说：

“好吧，我再考察一下。动力部要害顶多，道路也复杂，你看该找谁来掌握安全组？”

李大贵猜他心里有人了，笑着反问：

“你说谁吧？”

高俊笑道：

“你忙，这事本来不该烦你的。可是动力部是全厂的魂儿，有许多贵重的机器和设备，我们考虑，只有你合适，叫别人来，我们不放心。”

李大贵知道这是个责任重大的工作，就慷慨地说：

“好吧，我来。只要厂长和张瑞同意。”

高俊忙说：

“没有问题，张瑞答应暂时减少你的工作，刘厂长也同意了。现在，你看你要谁来做助手，谷德亮呢，还是伍永和？”

李大贵心想，谷德亮不如伍永和精细，就说要伍永和。高俊同意，随即指定李大贵做动力部安全组组长，伍永和任副组长。李大贵看见等待谈话的人有好几个，就起身告辞，高俊送他到门口，附在他的耳朵边，低低说道："刮风下雨的晚上，多操点心。有什么情况，尽快告诉我。我们这里会有人配合你的。"

李大贵点一点头走了。

晚上，回到动力部，李大贵召集安全组组员们开会，规定了轮班守夜和巡逻的制度。临了，他说：

"动力部是我们的老家，也是钢铁厂的灵魂，保卫好动力部，就保证了高炉大修，也帮助了全厂作业计划的完成。大家辛苦点，轮到谁的班，多巡逻几遍。都有电棒和口哨吧？"

都答应有了。李大贵还说了一些大家应该注意的事项，会就散了。李大贵在电机修理厂找到一个空房间，作为安全组的办公处，除了桌椅床铺外，还安了一个电话机。值夜的人也都在这里歇息。房间两边和南边的墙上都有玻璃窗。窗外是铁道和煤渣大路，人来人往，从窗里都看得分明。

李大贵好像肩膀上挑了一副沉重的担子，晚上不是他值班，也在厂里住。李二嫂看得惯了，不以为意。她收拾了一套铺盖，交他带进厂。白天，她还是提个饭盒子，给他送饭。

伍永和看见李大贵这样，自己也搬进厂里，和他一起住。

六月中旬一个平静无风的晚上，他们守夜已经一礼拜。安全组没有关灯，伍永和困极了，躺在铺板上，呼呼地睡了。李大贵也困，歪在床上，却睡不着，心里老是惦记着，怕出事故。他坐起来，在明亮的灯光里，看见伍永和睡得正甜，不忍惊醒他。他拿着电棒，轻轻地走出房间，到锅炉房、变电所、水泵房和送风室等各处要害，巡查了一番。看见没有事，他就回到小屋里，和衣歪着。才合上眼皮，桌上电话铃冷丁大响。他慌忙起身，拿起话机，听到对方说：

"失火了，失火了！"

声音急促而惊慌，李大贵忙问：

"哪里呀？什么？听不清楚，大一点声。你是谁？怎不说话了？"

对方挂上了，李大贵也撂下话机，冲出去了。从动力部到办公厅，一路上，到处人声嘈杂，消防队门口的红灯也亮了，警钟当当地响着，五辆新买的红色救火车全部出动了，消防队员穿着帆布衣裤，戴着铜盔，站在车上，车子开到通小东门的三岔路口，人们都展眼四望，除了全厂的无声的、闪烁的电灯，除了正在出焦的焦炉的腾天的红焰，哪里也没有火烟。一个消防队员问：

"哪里失火呀？"

消防队长说：

"听说是银顶街失火，快往那里开。"

救火车叮当地敲着铜钟，飞也似的往银顶街驰去。到了那里，全街都鸦没鹊静，悄声没息的，只有灯光月影，交相辉映。

司机只得磨过车来，往回开走。车上人咒骂不绝。

办公厅外站着一堆人，正在议论。李大贵也挤在里边。一会儿，刘厂长和邓炳如也都来了，他们默默地听大家七嘴八舌地谈论一阵，就都散了。

李大贵赶上刘厂长和邓炳如，说：

"我接了一个电话，没头没脑地嚷着：'失火了，失火了。'我就跑出来了。"

刘厂长道：

"怪事，厂长室、厂警室、消防队和厂工会，都接到同样的电话。"

李大贵问道：

“这是什么花招？什么意思？”

邓炳如拧着眉头说：

“想扰乱我们，麻痹我们的。”

刘厂长说：

“老高呢？到电话局盘查去了？……党、政、工、团应该发个通知，叫各个车间的安全组员、共产党员、青年团员、工会会员，都提高警惕，更加小心。”

邓炳如同意这意见，进了办公厅，刘厂长叫吴秘书起草通知，连夜发出。

李大贵回到安全组，看见伍永和闭着眼睛，还在睡觉，他推他一把，笑道：

“瞧你，这样贪睡，人家把你偷走了，也醒不来。”

伍永和睁开眼睛，笑道：

“我也出去了，在办公厅跟前，看见了你，你却没有看见我，还说我呢。”

往后，李大贵跟伍永和越发小心，更加勤谨，每隔一点钟，就拿起电棒，到各处巡逻一回。

又过了几天，在一个风雨的夜里，大风把电线刮得呜呜地发响。风才停息，雨就来了。雨点打在铁皮屋顶上，稀里哗啦的，一阵紧一阵。雨声里又夹杂着震响的雷轰，把高炉工地的喧噪，也都盖过了。李大贵记起高科长的话，不敢睡着。他灭了电灯，歪在床上，瞪圆两眼，盯着窗外。在路灯的摇晃的灯光里，一挂灰蒙蒙的雨帘子，蒙住了窗口，看不清外面。李大贵放心不下，连忙戴上雨帽，穿好雨衣，拿了电棒，打开门，一头扎进瓢泼大雨里。

查了锅炉房，李大贵又转到发电所去，到处没动静，各处值夜班的安全组员都没睡觉。他十分满意，信步往水池的东面走来，在发电所近边，他看见一个高高的黑咕隆咚的东西，立在那里，那是圆碉堡，赵五孩就牺牲在它的跟前。李大贵想起他来，站在那里，出了一会儿神。忽然他想，要是有人藏在碉堡里，捣什么鬼，谁能看见？他连忙走过去。才近碉堡，里头有人猛喝道：

“谁？”

接着，电棒一亮，照在他头上。他心里一惊，在强烈的电光里，眼睛半天睁不开，但是他不顾一切，跳进了碉堡，也拧开了电棒，看见地上有个人，脸还没有看得清，他就粗声喝问道：

“你是谁？”

对方抬起半截身子来，电光照在他脸上。李大贵这才看出对方是公安员小王，放下心来，笑着说道：

“吓我一跳，我只当里头有坏人了，你一个人不声不响，藏在这里干什么？”

小王从地铺上站起身来，说道：

“高科长叫我来的，说这周围尽是要紧的设备，怕有人藏在碉堡里捣鬼。”

李大贵道：

“我也正担心这儿。有你在，我放心了。雨下这么大，外头什么也听不真切，还怕别地方出事，我得走了。”

李大贵跳下碉堡，重新钻进大雨里。小王拧息了电棒，照旧躺在地铺上。

李大贵巡逻了一遍，又走到高炉工地，看了一回，小牛轮到了夜班，正在安水管，看见李大贵，忙打招呼，并且说道：

“师傅，您眼都熬红了，特务抓走几批了，还怕什么，去歇一歇吧！”

李大贵道：

“我们越胜利，越得加小心。雨下这么大，你们也留神听听周围的动静，别只管眼前。”

说完，他走了。穿过雨帘子，他回到安全组的小屋里，轻轻地脱下雨衣，摘下雨帽，歪在床上，想歇一歇。风雨声和责任感，使他睡不着。他惦记着高压泵、大电滚、透平机和别的贵重的机器和设备。他想叫伍永和再出去看看。他知道老伍也连夜辛苦，现在看他睡得那么好，就不惊动他，自己下床，穿好雨衣，拿着帽子和电棒，就往外走。

雨越下越大，各处檐溜，像小瀑布似的往地下倾泻，发出哗哗的声响。半夜过后，一点钟光景，看了水泵房，跨越厂里的铁道，绕过热风炉，到了送风室，在雨丝围绕的路灯的迷蒙的光亮里，李大贵仿佛看见，有个人影子，往送风室后门的门里一闪，就不见了。

他心里一惊，慌忙跑过去，用电棒一照，门上的大吊锁早给拧去了，门推开了半拉。他想：“出事了。”正要叫唤，背后忽然伸出一双戴帆布手套的大手，使劲扪住他的嘴巴和鼻子，另外一只手，紧紧箍住他脖子。他闷得透不过气来，肺像炸了，两只眼睛，直冒火星。他扔了手里的电棒，右手反过来，使劲箍住对方的脖子。两个人就在送风室后门外的大雨里、泥洼里，厮打起来。特务蒙脸的黑纱给撕下了一块，对襟褂子上的化学纽扣也被拧下了一颗，掉在泥水里。李大贵的雨衣的前襟也扯破了一块。

在肉搏中，特务的戴手套的手还是使劲扪住李大贵的嘴巴，但经过挣扎，鼻窟窿已经露出来了。他闻出了特务嘴里喷出的刺鼻的酒气。

李大贵身强力大，本来足以压倒对方的，可是他看见里边已经闯进了一个，怕透平机遭受破坏。他寻思着：贵重的透平机要是保不住，高炉修好了，一年半载，也还是不能开炉。想到这里，李大贵用尽气力，挣脱自己的右手，扳起特务扪在他嘴巴上的一个手指，使劲往外折，特务痛得慌，又不敢叫唤，只好松了手。李大贵趁势连忙大叫道：

“抓特务呀！”

他的喊叫被雨声盖住，一丈以外，就听不清。跑进室内的另一个特务却听到了，慌忙跑出来，两个家伙把李大贵横拖竖拉，架进屋里。一个仍旧用手扪住他的嘴，一个就去找油桶。机器没有开，透平油桶是实的。特务慌了，忙从衣兜里掏出一个黑疙瘩，从门外透进的一线朦胧的路灯光芒里，李大贵定睛一看，急得满头汗。他清楚看见，那是一颗手榴弹。

那家伙揭开了手榴弹的保险盖，拉出火绳，一甩手往透平机投去。碰在机外大铁盖子上，黑疙瘩反跳回来，两个家伙都抽身跑了。李大贵看见黑疙瘩躺在透平机铁盖近边，正在冒烟，就纵身跳上去，把它捡起，往门边一扔，才扔出手，李大贵还没有来得及躺倒，手榴弹轰隆一声，爆炸开了。李大贵眼前一阵黑，身不由己，倒在洋灰地板上。

爆炸声透过雨声，传出好远。伍永和跟其他各处安全组员抢先赶来了。紧跟着，高炉工地许多的夜班工人，连牛福山在内，也闻声寻到。公安员小王打着电棒，也找来了。他们一齐跑进送风室，里头硝烟还没有散尽，在小王的电棒的光流里，伍永和拧开了电灯，大家看见李大贵仰脸躺在血泊里，机器铁盖虽说也中了弹片，却没有炸穿，透平机完好无损。

李大贵的头脸、胳膊和腰杆都在流血。血浸湿了头发和衣裳。小牛噙着满眼的泪水，慌忙蹲下去扶他师傅。李大贵脸上流满了鲜血，眼睛无力地闭住。伍永和一面吹口哨，一面大叫“抓特务”。小王跑到安全组，打了一个电话给公安科长，又跑回来，拧开电棒，弯下腰去，仔细察看室内室外的地面。他从门外泥水里，捡起一个电棒、一颗纽扣，还捡了黑纱和雨衣的碎片各一件。

这时候，高俊带领三个提枪的厂警，喘吁吁地冲进送风室。他走到李大贵跟前，蹲下身子，声音微微发颤地问道：

“怎么样，老李？”

李大贵没有睁开眼，血还在流，呼吸很微弱。高俊忙叫伍永和打电话给厂里医院，要他们赶快来人。小王拿出电棒、纽扣、黑纱和雨衣的碎片，高俊仔细检看了一遍，叫小王好生收起，说这是搜查罪犯的很有价值的线索。接着，他又紧紧握着李大贵的手，说道：

“大夫快来了，老李。我们先走了。”

说罢，他带着小王和三名厂警，跑出送风室，五个电棒，照着门外的泥地，那里有许许多多横七竖八的脚印。高俊低着头，仔细地察看，地上有一双胶底鞋子和一双硬底皮鞋的清楚的痕迹。这两双脚印，离开送风室后门，一路往南，到了煤渣路，又看不出了。高俊和小王用电棒照看，继续往南边去寻觅，走到通向炼铁部的更衣室的一条小小泥路上，两种脚印，又显现了。他们一直寻到更衣室门口。

厂长室也接到了电话。吴秘书奉厂长的命令，通知了厂警队，把四门封住，电网都通上电流，厂警队、公安员和工人们已经把送风室一带团团围住。无数电棒和路灯，把所有的道路和角落，都照耀得如同白昼。

刘厂长、邓炳如、余慧、张瑞、施真和陈德林也都先后赶到送风室。李大贵给抬上了担架，还在昏迷状态里。刘厂长叫他们快送医院，先打强心针。随后，他们跟着伍永和，都去找高俊。

高俊和小王跑到更衣室门口，看见里边黑灯瞎火的，就拿电棒往里照。在光流里，小王眼尖，看见屋子里有人，就掏出连枪，猛冲进去，高俊和厂警也跟进去了。五个人五个电棒打在桌边伏身假睡的两个家伙的身上。

厂长他们，随着伍永和，也都赶到了。有人拧开了更衣室里的电灯。大家看见，一高一矮两个人，站了起来，衣服透湿，浑身哆嗦。高俊冷静地问道：

“你们在这里干啥？”

两个家伙，半晌说不出一句话来。高俊用电棒照照他们脚下，高的穿一双胶底球鞋，矮的穿一双硬底皮鞋。和送风室前的泥路上的两种脚印完全一致。高炉还没有点火，这间更衣室现在是没有人来的。高俊根据这种种可疑的情景，心里判断：

“就是他们，不用问了。”

但为了郑重，叫他们毫无反驳的余地，他叫小王拿出他在泥里捡来的电棒、纽扣、雨衣和黑纱的碎片。伍永和认出电棒和雨衣的碎片是李大贵的，但其他两样，没有着落。小王看见穿球鞋的那家伙的对襟白褂子上少一颗扣子，他把捡来的扣子拿上一对，和其余四颗一模一样。纽扣上的线头和衣上的线尾，也是一般颜色、一样粗细。小王问他们：

“还有什么话说？”

穿球鞋的抵赖道：

“那扣子不是我的。”

高俊看他耍死狗，叫人搜他的身上。厂警从他衣兜里掏出一只手套、一块撕破了的黑纱。他连忙拿出黑纱碎片来一对，严丝合缝，裂口完全对上了。高俊吩咐：

“把他们铐上。”

小王从衣兜里掏出一副锈成锈疙瘩的双环手铐子，笑道：

“请吧，早给你们预备了。”

穿球鞋的高个子特务，采取一个突然的动作，扑通一声，跪倒在地上，抱着高俊的两腿，请求宽大。穿皮鞋的矮家伙，故意装镇静，低头不响，但嘴唇白得像纸片，两腿不停地发抖。高俊挣脱身，大声命令道：

“都铐起来，带走！”

小王把两个家伙铐在一副手铐里，押出更衣室。一路上，工人有的唾骂，有的叫打，两个家伙，一个吓得满头直流汗，一个脸煞白，脑瓜耷拉着。牛福山嚷道：

“脖子也缩了，像王八一样。”

走到灯光迷茫的背阴处，陈德林赶上，在假装镇定的矮家伙的腰杆上，狠狠地赏了一拳。

询问时，穿球鞋的特务供称，他们都是埋伏在壮工里的。幕后指挥他们的是以前工厂的伪工会委员、在重庆中美合作所受过训的国民党军统特务崔襄五。他藏在附近五里屯一个亲戚家。根据案犯的口供和后来的调查：匪徒们这次破坏，蓄谋很久了。他们从四月份起，准备到现在，一直得不到机会。今晚下大雨，崔襄五又打发人来催逼了。两个家伙只得勉勉强强地动手。起初，他们打算在机器上，浇上透平油，放一把火。可是送风室还没有开车，桶里没有油。事急了，他们只好甩手榴弹。矮子藏在身边的手榴弹是从崔襄五的娘们崔程氏的手里接收的。他们和她都往来密切，有时就歇在她家。当天晚上，他们在崔程氏房里，喝光一瓶二锅头，两个一齐把她按倒在炕上，轮流亲嘴和摸奶，轻狂了一阵，起来又喝一阵酒，才颓丧地、胆怯地拖着摇摇晃晃的脚步，潜进工厂。

崔襄五夫妇当夜一一落网了。公安员小王从崔程氏的一个没有动用的马桶里，搜出一颗定时弹。

刘厂长看见李大贵负了重伤，对高俊很有意见，本来打算责备几句的，待到他干练地、迅速地把案子破了，才原谅了他。

天快亮时，刘厂长、邓炳如、余慧、张瑞和施真都上医院去看李大贵。

一八

早晨四点钟，天才蒙蒙亮。正是工人们换班的时节，上班和下班的工人，听到李大贵受了重伤，就都绕道来看他。

工厂医院的小小院子里，三面屋檐下，病房走廊上，外边会客厅和里头候诊室，都站满了探望的人们。

护士方俊兰从病房出来，挤到候诊室，用手掠掠发边的零乱的短发，把垂到胸前的小辫子甩到背后去，取下嘴上的大口罩，对大家说道：

“廖大夫叫我告诉大家，李师傅腰部、腹部和大腿，都中了弹片，失血很多，可没有伤筋动骨，腰部中的弹片，需要开刀……”

人群里，电工谷德亮大声叫道：

“你先说要紧不要紧，不要这么啰啰嗦嗦的。”

方俊兰回答：

“不要紧，你们忙去吧。大夫决定输血时，再请你们来。”

谷德亮说：

“先把我名字写上，我叫谷德亮，动力部的电工。血型是O型，没打过摆子，也没得过别的病。”

随着谷德亮，一下子有十来个年轻的工人争着报名，愿意输血。

方俊兰从衣兜里掏出本子和铅笔，一一写了，打发他们道：

“好吧，决定输血时，再找你们。”

她说完，一扭身，看见候诊室门边墙上挂着一面大镜子，就习惯地站在跟前，扶了扶头上的白帽子，又看了看眉毛，就戴好口罩，从走廊进入了八号病房，李大贵躺在那里。

院子内外，人们渐渐地散了。

外科大夫廖英，摸摸李大贵的脉，又用听诊器听他的心音。大炮神志昏迷地仰脸躺在白洁的床单上。廖英低声吩咐方俊兰：

“给他打针强心剂。”

方俊兰走出房间，去准备打针的器械，把门轻轻带关了。她知道廖英主张的“无响制度”，是不容许有轻微的破坏的，她的脚下穿着胶底鞋，行动起来，无声无息。

方俊兰出去一会儿，就端着消毒锅，返回病房。打完针，廖英正在吩咐：“让病人静静躺一会儿，再换衣上药。”忽然听到敲门的声音，他皱皱眉头，拿眼睛看看方俊兰，她懂得他的意思："看是谁，没有要紧事，就不让进来。"

方俊兰把门打开一条缝，把头伸出去，又忙缩回来，转脸对廖英说道：

"厂长来了。"

说完，就把门敞开。刘厂长、邓炳如、余慧、张瑞和施真都进来了，背后跟着几个工人代表，手里都拿着鲜花。廖大夫连忙迎上来，跟大家一一握手，陪他们到廊子上去。方俊兰出来接了代表手里的鲜花，反身进去，把花插进李大贵床头小几上的白地红花的瓷瓶，又舀了一碗水，轻轻地灌在瓶里。

在廊子上，刘厂长低声问道：

"不碍事吧？"

廖英回答：

"不碍事。只是腰部有块弹片没取出来，需要开刀。"

邓炳如忙道：

"要不要输血？"

廖英道：

"他身板结实，本来不需要。可是，从身体里头取异物，像海里捞针，漫无边际，手术不知要持续多久，必须输血。已经有许多工人自动报名了。"

又谈了一阵，刘厂长他们走了，廖大夫返回了房间，方俊兰才要关门，走廊上出现一位妇女，蓬头散发，两眼微红，耳上两颗银坠子，一闪一闪晃动着。她来到八号病房的门口，就要进去，方俊兰慌忙拦住。她后面跟着几个工人，有一位对方俊兰说：

"叫她进去吧，她是李师傅的家里人。"

方俊兰说：

"不行，廖大夫说，任何人不让进去。"

李二嫂好像没有听见，还是往里走。方俊兰一边拦阻她，一边劝道：

"才打强心针，得让他静静躺一会儿，你这一进去，在他跟前淌眼抹泪的，又打扰他了。"

李二嫂好像这才听清了方俊兰的话，就在门跟前站住，用衣袖擦擦眼窝说：

"都说他命也难保。"

方俊兰连忙安慰她：

"没有的话，不碍事，你别难过。"

方俊兰才说完这话，听见廖英在房里叫她，转身推门进去了。过了一会儿，门又开了一条缝，方俊兰的戴着小白帽子的头又探出来，冲李二嫂招手：

"廖大夫说，你要看他，请进来吧，只是不能哭，也不要说话。"

李二嫂跟着方俊兰走进病房。她踮起脚尖，轻轻走到病床跟前，站了一会儿，看他安稳地躺在那里，被窝、枕头和床单都白洁干净，李二嫂心想："这比家里还舒服。"就放了心，转身要走，方俊兰送她到门口，对她低声说：

"过几天开完刀，你再来看吧。"

开刀的前几天，医院每天给李大贵输两百 CC 的血，开刀那天，又输了一千，然后把他抬进手术室，扶上手术台。

手术室朝南朝北都有三扇大窗户，朝西有两扇。光线透过浅蓝的窗帘，显得分外地柔和。手术台正中的天花板上吊着一盏无影灯，台子的西边，放着两盏聚光灯，灯架的三脚，安着小轱辘，能随便移动。无影灯早拧亮了。

方俊兰戴着薄薄的、透明的胶皮手套，把消了毒的几十把雪亮的刀子、剪子和止血钳子，齐齐整整，摆在白瓷盘子里，放在手术台边。这时候，廖英进来了。他问了方俊兰几句话，就去洗手，他洗得非常仔细，用胰子擦了又擦。他把洗净的两手，小心地举起，不接触任何东西。他走到手术台边，方俊兰给他戴上了口罩，自己又戴上了胶皮手套。一切准备齐全了，廖英的眼睛里漾出温和沉静的微笑，对李大贵说道：

“你别怕，一点儿也不会痛的。”

输了血，李大贵恢复了元气。他看着大夫的透明的胶皮手套，笑道：

“我怕什么？痛也不要紧，你只管干吧。”

廖大夫笑着对方俊兰使一个眼色，小方就走到李大贵脑后，坐在凳子上，轻轻扶正他的头，用橡皮布把他的眼睛蒙住，齐鼻子又盖上一块白布，嘴巴上罩个硬壳的纱布口罩。方俊兰一手扶着他的头，一手拿着灌满麻药的大针管，对准口罩，药水由针尖滴落，浸湿了口罩上的纱布，不大一会儿，李大贵的手脚就不动弹了。两位男护士站在他两边，紧紧按住他的两只手。方俊兰又在他身上蒙一块白布，只露出要施手术的腰部左侧的伤口。

廖大夫看方俊兰一眼，意思是问：“妥了吧？”方俊兰轻轻地点一点头。

廖大夫用钳子夹住伤口近边的皮肉，往上一扯，李大贵没有叫痛，已经昏迷了。廖英摸准弹片所在的地方，用小刀横越创口，拉开一条长长的大口。血从薄薄的表皮下边慢慢冒出来，他扔下小刀，用钳子把皮下的血管一一夹住，随后，把手伸进切口，去探取弹片。血和分泌物打湿了他的薄胶皮手套。

门外传来一阵急骤的脚步声，接着有人敲门了。廖大夫拧着眉毛，看方俊兰一眼。小方连忙走去，轻轻打开门，门外一位鬓发散乱、两眼湿润的女人，手里提一篮鸡蛋，耳上两只银耳坠不停地晃动。方俊兰看见这是李二嫂，连忙走出房间把门从身后带关，把她拦住，笑着对她说：

“弹片找着了，一会儿就能取出来，不用进去了。”

李二嫂一定要进去看看，方俊兰阻拦不住，忙道：

“你要看，请先到那边换换衣裳。”

她领着李二嫂走到手术室对面的更衣室，叫她放下篮子，要她身上罩一件白衣，脚上套一双胶鞋，嘴上戴一个口罩。打扮完了，两人走进手术室，李二嫂抬眼看见李大贵躺在高高的手术台上，浑身蒙着布。她走拢去，看见他的裸露的腰部拉开了一条大口，大夫用手在里边掏摸。她感到惊恐，随后，鼻子发酸，头也昏了。一股血腥气，杂着房间里的麻药、碘酒、酒精、石炭酸和滴滴涕的混合的浓味，又迎面扑来，她两眼发蒙，脸色变白，额上冒出的细小的汗珠沾湿了一绺披散的乱发。方俊兰看见，慌忙走过来，扶住她问道：

“怎么了？”

没有回答。方俊兰也不等回答，就把她扶出房间，叫她坐在值班室的一把椅子上。李二嫂把头仰在椅子靠背上，歇了一阵，吸了一点儿新鲜空气，才缓过气来。方俊兰进了手术室，一会儿又出来，对李二嫂笑道：

“弹片取出了，正在缝合，不碍事了。你放心回吧，鸡蛋请带走，这里有的是。”

李二嫂动身走了，鸡蛋还是留在廊子里。

开刀后的第三天，李大贵能喝流质食物了。本厂和外厂的职工代表带着水果、鲜花、饼干和罐头，纷纷来慰问。方俊兰替他把花插在三个瓶子里，李大贵病床跟前的小方几上摆了一瓶，其余两瓶摆在南边和北边的窗台上。李大贵对面一张空床上堆满了水果、罐头和饼干。

余慧、张瑞、施真、谷德亮、赵东明、牛福山、范玉花、张万财、伍永和和李玉深都来看过他。余慧来时，李大贵跟她握握手，担心地问：

"'七一'开炉没有问题吧？"

余慧回答：

"没有问题，放心养伤吧，到时候，希望你能参加典礼。"

众人才走，刘厂长和邓炳如来了。邓炳如告诉李大贵，厂里党员和候补党员已经超过五百人，根据党章，总支就要改为工厂党委会，市委批准了，过几天就要开党员大会。他接着说：

"我们也正在准备在'七一'以前，把党公开，这对党员和群众，都会发生巨大的影响。安心养伤吧，到时候，希望你能参加党公开的大会。"

又说了一阵闲话，方俊兰来量体温，刘厂长和邓炳如走了。

一九

一转眼，又过了半月。经过细心医治和用心护理，李大贵的伤口渐渐平复了，要求出院，廖英不准，他只好天天歪在床上，或是靠着被窝垛，看看报纸，看看连环图画。

离"七一"只有两天了。黄昏到来，李大贵在病房里，拧开电灯，脊梁靠着床栏杆边的被窝垛，看《人民日报》。从远处，隐约传来一阵《国际歌》，李大贵平静的心情给扰动了。他放下了手里的报纸，留神细听。

大礼堂里正在举行党公开的大会。上午，余慧派人通知李大贵，廖大夫怕他劳累，劝他不参加。听到这庄严的歌声，一种奋激的情绪，使他抑制不住参加的欲望，他连忙起床，换好衣裳，不顾方俊兰的劝阻，迈出医院，往会场赶去。

大礼堂门口，挂着两面巨幅的绸质的斧头镰刀的党旗。屋里的大小电灯，一齐拧亮了。主席台前沿，摆着五盆月季花。左边墙上，窗户和窗户之间，挂着马克思、恩格斯、列宁和斯大林的画像。右边墙上是毛泽东、刘少奇、周恩来和朱德的画像。主席台后边，两面党旗的中间，是毛主席的巨幅肖像，靠左边的正面的墙上，工人用红灯扎成一个巨大的闪亮的红星，右边是斧头镰刀，也是用红灯拼成。

刘耀先、张瑞、余慧和施真都坐在主席台上。新选出来的党委会的第二书记邓炳如，穿一套新哔叽制服，正在主席台前沿一张小台子的扩音机跟前，向一千多听众，报告总支的工作总结，并且通知大家说：三天以前，遵照市委的指示，开了一个党员大会，选出了工厂的党委会。

李大贵从后门悄悄走进礼堂里，大洋马赵东明忙向他招手，让给他半截板凳，他坐下来，用心倾听邓炳如的话。

一会儿，邓炳如报告完了。余慧起身，走上前台，公布党员的名单。念到刘耀先的名字，全场鼓掌，约莫延长两分钟。邓炳如、余慧和张瑞，也得到了热烈的庆贺。再往下，掌声渐渐稀零了，念到李大贵，人丛里又爆发一阵雷鸣似的长久的鼓掌，台下有人还用他的外号叫喊道：

"大炮来没有？"

赵东明忙把李大贵推出，大声应道：

"来了，躲在这儿。"

从各个角落，几十个人一片声嚷道：

"怎不站起来，害什么臊呀？"

"把他搁出来，给大伙瞧瞧。"

李大贵心想："我又不是大姑娘，怕你们看？"就立起身来。人们让出一条小胡同，李大贵上了主席台，笑着向大家点了点头，就跑下来，坐在右边一把椅子上。

按照开会的程序，下一个项目，是党员的自我批评。牛福山首先站起来，三步两脚，赶上主席台。大家都好奇地等他开口，不知道这个小伙子要检讨什么。

开会以前，布置党员检讨时，牛福山抢先自动报了名。余慧诧异地问他：

"你有什么要检讨？"

牛福山小声说出一件事，余慧也觉得应该检讨，鼓励他准备。

牛福山站在主席台前沿，先拿眼睛看看范玉花。她坐在前排，看见牛福山上台，说要检讨，心里一怔，低下头来，担心而又气恼地想道：

"他有什么事？怎么我不知道呢？"

她的头低着，耳朵却在细细地倾听。牛福山看了范玉花的这种神色和光景，心里慌了。他寻思着："要不说吧，已经上来了，又是自己报名的，要说了，小范不高兴怎办？说不定她和我的关系也吹了。"他犹犹疑疑，好久不开口，又拿眼睛看一看余慧，好像看出她那一双变得很严肃的闪烁的大眼睛正在说出她平常劝人诚实坦白的习惯用语：

“拿出勇气来，说吧，在党的会议上，应该把自己的任何缺点通通说出来。对自己不应该有一丁点儿姑息。”

牛福山决定说了。他开始说时，有些吞吞吐吐，字眼咬不清，嗓子也发痒，老想咳嗽。他好像看见小范满含怒色的眼睛。接着，他看看余慧。支书的正直的眼色还在鼓励他。他把心一定，寻思道：

“随她怎样，我说我的。”

拿定了主意，勇气来了，口才也流利了，使他自己也很诧异的是嗓子也不再痒了，他开口说道：

“一高炉大修的头几天，大家正忙着，我跟小范……”

说到这里，他不由得又拿眼睛瞟瞟范玉花，小范脸上的气色越来越不好，但他还是鼓足勇气说：

“才认识不久，有天下午，我用手指掏电滚子里的油泥，给轴压住，把小手指头压破了，血流不止，也有点痛。说实话，也不算什么。要是没有别的心思，这点痛是扛得住的。我那时心里有别的打算，跑到医院，请大夫瞧了，上了药，还叫他开了三天病假的证明。回到现场，拿证明给工长看了，他没有说话，我就回宿舍去了。白天，我躺在床上，等人家上班去了，就起来，趴在桌子上给小范写信。现在我认识，这是错误的。我对自己的这个错误很痛心……”

说到这里，他又拿眼瞅瞅范玉花，她脸红到脖根，脑瓜耷拉着。牛福山勉强把话说完了，走下台来，从小范的身边走过。范玉花看见他来了，把嘴一撇，脖子一扭，背过脸去，装做没有看见他。小牛惶恐地、无精打采地只得往后边去了。这情景，邓炳如和余慧都看在眼里。

接着，谷德亮上台检讨，余慧扭过头去，低声跟邓炳如说道：

“谷德亮是个单纯的热肠子，容易接受别人的意见，改正自己的错误，可是也容易忘记，过几天，重新又犯，像小孩子似的。”

台上，谷德亮正在用他的粗嗓门里发出的深沉的声音，说道：

“……那时候我想，谁不是先齐家，后齐国的呢？我谷德亮不疯不傻，干吗扔下自己小组的活，去帮助人家？往后，在支部书记余慧同志的帮助下，我认识了：这是错误的，这叫做本位主义，本位主义是个啥玩意儿？我还有点闹不清，总之，不是好玩意儿，是要不得的。……”

笑声岔断了他的话音。等到全场静下来，主席叫他再讲时，他说：

“你们一笑，把我底下的话，都闹忘了，算了，就说到这儿。我们要反对本位主义。这回算是我错了，我知过必改。可是，我得把话说在头里，有朝一日，要是你们也犯了本位主义，又不乖乖地站在我现在站的这块地方来反省，我就要提出批评，要整你们的风，要不，‘各人自扫门前雪，谁管他家瓦上霜’。我又犯上本位主义了，又得检讨。”

电焊工李玉深接着上来检讨自己的保守思想。他说，过去老不愿意把自己的本事耐心地传授给徒弟。他检讨道：

“从前，老把式有句流行话：‘十分手艺传七分，三分好的留儿孙。’现在不同了，社会主义工业化要靠全体工人阶级共同的努力，光一两个老把式绝不顶用。党帮助我认识了自己的错误。从今往后，我一定要把全套本领传授给徒弟，决不留一手。”

下一个项目是党外人士的发言。工程师苑清走上台来，站在扩音器跟前，定一定神，心里还是有些兴奋地说道：

“我能参加这个会，是我生平莫大的荣幸。中国共产党为人民立了不朽的功劳。我们的祖国，在毛主席、共产党的领导下，挺起了胸膛，站立起来了。在解放以后短短的几个月里，我清楚认识：党是群众的明灯。以前，这盏灯是遮盖着的，从今以后，他露出来了，他照亮了空间、海洋和陆地，也照耀着我们国家的每一个角落，他一定能把污秽从地上清除。”

风暴似的一阵掌声打断了他的话，他趁势拿起桌上的玻璃杯，喝了一口水，润湿了因为兴奋而干燥的嘴唇，紧接着又说：

“说起来是很惭愧的，我的觉悟比同志们都迟。”

这话才落音，前排有人大声说：

“你不算迟。”

听到这话，邓炳如留神往左边察看，于松耷拉着脑瓜，好像正在想心事。台上苑清继续说：

“我知道，我还不够入党的条件，可是我要求党来教育我，一次不行，十次，十次不行，百次，我要坚决地改造自己，来争取入党。”

在掌声里，他走下台来。由于奋激，他满脸飞红。接着，老瓦工邹云山跨上台去，台下的人交头接耳地议论：

“这就是老伴死了，也不回去的那个老汉么？”

“谁说不是？”

“真棒。”

“他真是大公无私。”

这些话，邹云山都没有听见，他颤颤巍巍地先向毛主席肖像，恭恭敬敬，鞠了一躬，对他说道：

“毛主席，自打您来了，我的心眼才敞开了窗扇似的，亮亮堂堂了。我认清了该走的路，请您接受我的一个鞠躬礼。”

说着，他又深深鞠一躬，才转过身子，冲台下听众紧接着说道：

“我老汉今年五十九，明年平六十，一朝一代的旧社会，我都经过了，什么天堂地狱，我都信过。如今知道这些通通是假的。我看只有实行社会主义，才能把地面都变成天堂。别看我上了年纪，我还有勇气，要求入党，请求党把我吸收，我自信，还能为我们党的社会主义的大目标，工作十来年。”

掌声里，邹云山下去后，台上好久没有人上去，但是已经有人在前沿说话。大家细听，知道这是公安员小王。抓特务，小王很勇敢，也很机警，破获崔襄五的案子，他也出了力。但临到出头露面，讲点什么，他就害臊得不行，没开口，脸先发紫了。后面的人叫道：

“上台去讲，大一点儿声，后面听不真。”

公安科长高俊也催促小王：

“上去吧，怕什么？”

小王只得走上台，开腔以前，喝一口水，润润嗓门，随后，他敬一个举手礼，说道：

“我做的是公安工作。我们公安科有好几十个老党员，可是我觉悟太低，至今还是非党员。现在党公开了，党员名字也都公布了，使得大家都有学习的榜样，都有奔头了。可要是谁打什么鬼主意，想破坏党，想危害我们的带路人、我们的党员同志，公安员们有责任，也有本事，管保叫他吃不了，兜着走。”接着，他也提出了入党的要求。

他说完，举手先向主席团，后向大家，敬了一个礼。

紧跟着，又有十七个工人，提出入党的申请，邓炳如起来，代表党委会，表示尽快考虑他们的问题，并要他们都写个自传。接着是市委的代表讲话。

代表才上台，上过市委党训班的工人都欢笑鼓掌，有的小声说：

“吕主任，老吕。”

原来代表就是党训班的班主任吕学东。他的年纪只有三十来岁，头发早秃了，他用左手掠掠左耳后头的稀发，开始说：“党公开是党的力量壮大的表现。”接着又说：“我们党是一个有广大群众性的党，办的是有六亿人口的一个大国的事情，为了做好这个巨大的工作，我们的党员，什么时候，都要在广大群众的帮助与批评之下，进行工作。”随后，他又提起今天党员的检讨，并且说道：

“批评与自我批评，对于我们，像阳光，像空气似的，一时一刻都不能缺少。”

在台下，邓炳如跟吕学东谈过，要他特别表扬牛福山，因为小牛坦白了旷工的错误，提到了范玉花，可能引起她的不痛快。吕学东针对这桩事说道：

“今天几个检讨的同志，精神都是挺好的，特别是牛福山同志。他把自己的错误，向党坦白，当众检讨，这种做法，是值得大家学习的。党会比先前更加信任他，相信他能独立地工作。”

老吕说到这里，邓炳如偷眼看看范玉花。她的气色好些了，但还是没有像平常似的，欢蹦乱跳地跟旁人打闹，低着头在沉思什么。邓炳如悄声嘱咐余慧道：

“开完会，你去看看他们俩。”

这时候，乐队演奏《东方红》，张万财捧着一个红绸衬里的锦匣子，里边装个大银盾。张采拿着一面红底黄字的锦旗，上面题着“群众的灯塔”，走上台去。方俊兰两手捧一束鲜花，跟在后边。邓炳如站在台子的当中，代表党委会，庄严地双手接受了群众代表的献礼。

方俊兰穿一件新的白绸子衬衣，背后两条粗辫子一直垂到腰肢上。手里捧着花。她好像看到于松的眼睛一分钟也没有离开自己。她抬起头来，往左边一瞧，她所熟悉的那双贼亮贼亮的眼睛果然正在盯住她。她低下头来，假装看着手上的花朵。

散会以后，范玉花离开大礼堂，闷闷不乐地回到了宿舍。她才脱下外衣，牛福山来了。她把嘴一撇，眼睛里发出一种冷如冰雪的光芒，半晌，才讽刺地说：

“你带头旷工，还说是为了我呢。真是好党员，我也应该谢谢你，你给我扬了名啦。”

牛福山想解释解释，又不知道说些什么好。正在为难，余慧赶来了。她先谈一阵工作，接着又聊一阵轻快的闲天。她从小范的黑眼睛里看见了微笑，她知道她的感情已经转移了，就装做毫不经意地说道：

“小牛你今天的检讨，反映都很好，对群众的影响也是挺大的。散会的时候，我听张万财跟人说道：‘党员立了功，还坦白地检讨自己的错误，我们也该学学样，查查自己的思想了。’”

小范听了这些话，心里舒服，脸上却没有表露。她带笑不笑地说道：

“这样看来，犯点错误，倒是好的了，回头能带头检讨。”

余慧道：

“不能这样说。不能因为党鼓励检讨，大家就不小心，不谨慎，把犯错误不当一回事。可是，话又说回来，我们谁能不犯错误呢？只要做错了什么，能诚实检讨，就是好的。”

三个人又聊了一会儿，余慧起身要走了。才到门边，她又扭转头，对小范笑道：

“你们什么时候办喜事呀？”

范玉花脸涨得绯红，没有回答，牛福山心里很高兴，却也不作声。

送走余慧，牛福山还是留在范玉花房里。小范是很崇拜余慧的，这位精干的支书的话在她心里起了大作用，她真回心转意了。牛福山走到范玉花跟前，提议在“七一”的假期里结婚。范玉花的脸又臊红了，她点一点头，没有说话。

全厂上下，都盼“七一”迅速地来临，牛福山和范玉花，于松和方俊兰，每天下了班，成双配对地到城里去采办新的衣物和用具，迎接“七一”，也迎接那预约着自己一生幸福的好日子。

二〇

“七一”清晨，李大贵比平常醒得早些。他一睁开眼，看见了窗扇上的黎明的青色的光辉，就慌忙起床，穿好衣裳，迈出了医院。

上午九点钟，天下着小雨。工厂俱乐部门外，停着两部小汽车，姚部长和市委代表吕学东，先后来到了。姚明坐在俱乐部里间一张单人沙发上，正在喝茶和聊天。他的轻快的谈锋和洒脱的风采，引动好多人，把他团团围绕着。刘厂长进来，走到他和吕学东跟前，跟他们一一握手。姚明等他坐下来，就问这问那，问得没有头。这是他的老习惯，他到哪里都仔细地调查和研究。问了现状，他又问将来：

“你们第二步计划是什么？”

刘厂长道：

“我想紧接着修第二高炉，趁热打铁，人马又现成，只是缺钱。”

姚部长听到钱字，就笑着摇一摇头：

“就数这玩意儿为难，北方才胜利，南方还在用兵。中央才进城，还不能跟苏联一样，给你们筹一笔厂长基金。你们眼前的方针应该是对对付付，能做多少，就算多少，能缓办的缓办，过两年再说。”

刘厂长忙道：

“我们这里不要多的，只要这个数。”

他把右手的五个指头伸出来，姚部长看大家一眼，笑道：

“瞧他这口气！五百亿，还不算多！”他喝一口茶，沉思了一阵，接着说道：“好吧，你们心劲高，要趁热打铁，修二高炉，我们不能泼冷水。我回去商量商量，再回你的信。”

秘书吴宇请大家照相。姚部长起身，大家尾随他，走出俱乐部，来到办公厅外的广场上。参加修炉的一千来工人，有的坐在椅子上，有的坐在草地上，尽后边的人站在凳子上，在广场中央围成一个新月形。姚明一路谈笑着，坐着照相时，也在舞舞爪爪，和左右两边的邻座谈一些什么。照相师一手扶着镜头的盖子，笑着叫道：

“部长，请稍停一停。部长右边的那位戴眼镜的同志，头靠左一点，再往左一点，对，对，行了。大家都别动，看这里。”他把盖子一揭，拧开机钮，镜头从右边自动转到左边的末尾，照相师又叫：“别动别动，再照一张。”

照完相了，大家都往一高炉的出铁场走去。姚部长没有再说话。他一边走，一边低头构思讲演稿。他知道，今天他是要说几句的。

工厂里人来人往，忙忙碌碌，有人在打扫广场，布置舞台，准备晚会。有人在张贴红绿纸标语。还有些工人正在打腰鼓。姚部长都没有理会，一路想他的腹稿。到了一个三岔路口，他们遇见李大贵，经过介绍后，姚部长亲热地握住他的手，看着他笑道：

“你的事情登报了。怎么样，伤口好了吧？”

姚部长用胳膊挽着李大贵的右臂，牛福山上来，挽着他师傅的左臂。姚明一面往前走，一面提起他在第一次国内革命战争时期右臂负伤的情景，他笑着说道：

“躺在医院里，痛得要命，我咬牙忍住，一声不哼，怕影响别人的情绪。病房里还有一位伤员指名叫我：‘姚政委，我痛呀。’我生气了，骂了他一句：‘你他妈的，我不痛吗？你嚷什么？’他以为当政委的负了伤，自己不痛，还能叫别人不痛，你说有趣不有趣？你挂了彩，叫唤不叫唤，老李同志？”

李大贵还没有开口，扶着他的左臂的牛福山代他回答：

“当时他晕过去了。”

“往后呢？”

“往后一睁眼，就问高炉修得怎样了。没有听见他叫唤。”

姚部长拍拍李大贵的肩膀头，连连称赞道：

"好样的，这才是英雄好汉。"

他们从高炉背后的铁梯走上出铁场，才转到炉前，一阵响亮的鼓掌迎接着他们。长长的、宽敞的撒满新添的黄灿灿的河沙的出铁场上，黑压压地，坐着一千多工人。前面是炉前炉口的工人，穿着新的白帆布工服，后面是大修的工人，穿着蓝制服。姚部长含笑点头，挥一挥手，叫大家停止鼓掌。两分钟后，掌声才停住。姚部长坐在高炉紧跟前，一张铺着桌布的长方桌后面。桌上摆着两瓶五色梅。姚部长回头一望，看见一幅长长的红布，横挂在刷得漆黑的炉腰前面，上面写着巨大的黑字："第一炼铁炉开炉典礼"。紧贴炉身，挂着一幅毛主席的大画像。出铁场的两边墙上贴满了红绿纸标语，右边墙上，是起重工人张采拟定的一条快板："多出铁，多炼钢，祖国变天堂。"出铁场门口，挂着两盏红纱灯，下面垂着的鲜亮的鹅黄穗子，在七月的南风里，不停不息地飘抖着。

吴宇宣布典礼开始了。乐队奏起《义勇军进行曲》。从远处传来一声声大炮似的雷管的轰鸣，高炉背后，鞭炮也噼噼啪啪响个不停。第三个程序，是刘厂长致开幕词。在这简短的演说里，厂长表扬了许多模范，又谈到赶修二高炉的计划，希望全厂工友，继续表现自己的英雄气概。他话说得简短，但有鼓动性。

刘厂长下来，鼓掌声和口号声停息以后，紧接着是姚部长讲话，他除了表扬工人以外，还鼓励了技术人员，号召他们改造思想，尽心竭力，为祖国服务。

姚部长在讲话的末尾，谈起了二中全会，他说：

"同志们，今年三月里，党中央七届二中全会的决议上说了：'我们不但善于破坏一个旧世界，我们还将善于建设一个新世界。’事实证明是这样。事实将继续证明：只要我们遵照毛主席、党中央的正确的领导，紧紧地依靠工人阶级，加上伟大苏联的无私的技术精湛的帮助，和人民民主国家的支援，我们祖国的社会主义工业化的速度，会要超过世界上任何资本主义国家。不久的将来，我们将以一个工业强国的姿态，和伟大的苏联，和一切人民民主国家，和世界各国的人民，并肩携手，保卫亚洲和世界的和平，保卫我们祖国的安全和荣誉。”

在震动屋宇的鼓掌声和口号声里，姚部长结束了讲话。吴宇随即走到邓炳如跟前，请他演说，他笑着谦虚地摇一摇头。往后，还有几个人发言，但一来是要紧的话已经说完，二来时间也长了，台上台下，有人用手捂着嘴，偷偷打呵欠，坐在后边一点的人们，三五个人凑一起，开始低声“开小会”。张瑞笑着打趣余慧道：

“你怎么来了？照老规矩，开炉点火，是不准妇女来参加的。”

余慧瞪他一眼，笑着骂道：

“胡说！”

张瑞仍旧笑着说：

“确实，中国有高炉，就有这习惯，你不信，问问他看。”他指一指坐在近边的邹云山。老瓦工笑眯眯地说：

“有这个话。”

余慧问道：

“这是什么意思？”

邹云山吞吞吐吐地说：

“这话……不好说出口……”

余慧笑道：

"言者无罪。"

邹云山道：

"都说……可我现在也不相信了……都说，开炉点火……妇女要来了，冲犯了火神什么的，回头容易打泡，还好挂料。"

余慧生气道：

"这是什么规矩？封建罢了！回头我要给妇联提议，将来也定出一些规矩来管制你们男同志，不许你们胡说八道，来侮辱妇女。"

邹云山摸摸胡楂，笑眯眯地说：

"说管制，您也有了不是了，余慧同志。妇女闹翻身，不能闹过头。按说，这话不该我来讲，我老汉今年五十九，明年平六十，老伴去世了，妇女算是管不了我了。我说这话，是替他们年轻孩子打抱不平的。"

这里正闹着，台上演说早完了。乐队奏着《东方红》。鞭炮又响了。姚部长立起身来，随着吴宇，走近出铁口，从地上捡起早就安排在那里的一根长长的木棒，那玩意儿的一头，包着浇了煤油的棉花。姚部长划根火柴，把棉花点着，木棒登时烧成腾腾的火炬。姚部长双手拿着它，把那着火的一端伸进出铁口，装在炉里的几千斤浇了煤油的棉丝、刨花和劈柴，立刻发出毕毕剥剥的声响，燃烧起来了。

吴宇宣布典礼完成了。乐队奏着《八路军进行曲》。来宾都参观别的车间去了。工人也都三五成群，谈谈笑笑，离开出铁场。刘厂长走到门口，看见一个人，在他前面，耷拉着脑瓜，孤零零地走着。看着那瘦瘦的肩背，他知道是杨子美，连忙赶上，笑着招呼他：

"上哪儿去？"

杨子美正在沉思，忽然听见背后有人叫，吃了一惊，回过头来，看见是厂长，忙伸出手来。刘耀先拉拉他的手，一边走，一边随便扯一些闲话。并不提起大修指挥部的事，杨子美自己，因为没有在大修中出力，感到有点儿不好意思，想说几句抱歉话，但又不知怎么说才好，只得不作声。

在岔道上，快要分手了，刘厂长笑道：

“酒席摆在合作社食堂，请你快来，太太能来吗？”他知道杨子美对自己的太太是好极了的。

杨子美心里着实高兴，笑着说道：

“她不用了，我一定来的，我回去换一件衣裳，就来。”

杨子美平常穿着朴素的蓝制服，跟工人一样，只有在赴宴的时候，他习惯穿得好一点。

李大贵看完点火，累得腰痛，不能赴宴，就回医院去。路过俱乐部，里头明灯亮烛，谈笑歌吟，非常热闹。从窗户里望去，他看见了方俊兰。这位清俊的新娘子身穿一件胸前绣着红花的白绸子衬衫，底下系一条花布裙子，右边一条发辫的辫根上扎个粉红绸子蝴蝶结。她含羞带臊，低头坐在东边的窗下。于松也穿一套新制服，坐在她近边。许多人在他们的跟前笑闹着。李大贵身子太乏，没有进去。他又想起牛福山和范玉花的好日子也是今天，这时候，一定也在银顶街的俱乐部举行婚礼吧，他打算回到医院写封短短的贺信。

不料才回到病房，李大贵两眼发黑，别说写信，连坐坐也支不住了。他歪在床上，半晌才缓过气来。

大夫廖英带领一群助手和护士，进来查病房，发现李大贵脸色苍白，摸了摸脉，诧异地问道：

“又怎么了？”回头对护士吩咐：“快量量体温。”

护士把体温表放在李大贵腋下，五分钟后，拿出来一看，说道：

“三十九度九。”

廖英忙问：

“怎么又高了？”

护士回答：

“他出去参加了开炉点火，累的。”

廖英冒火了，粗声追问道：

“谁许他去的？方俊兰呢？”

护士回答：

“她今晚结婚。”

廖英道：

“好，你们让他随便跑，叫他犯了病，一个个又都溜走了，你们太不负责了。”

看着大夫连方俊兰都怪上了，李大贵连忙插嘴：

“不关他们事，我悄悄走的。”

大夫听了很生气，吩咐护士：

“往后不能叫他再出去。”

李大贵腰上的伤口，累得有点痛，吃了一点儿药，躺了三天，渐渐又好了。

第四天下午，李大贵又找不着了。回到工作岗位，漆黑的辫根上还扎个粉红蝴蝶结的方俊兰心里急了，到处寻找，终于来到一高炉。她看见他坐在出铁场的值班室门口，又急又恼，连忙过来，要他回去，李大贵笑着央告：

“好同志，我看看出铁就回去。”

“廖大夫又会生气了。”

"你甭管，我自己负责。你坐下。"李大贵把板凳让出一截。

小方一来不放心，要等李大贵一块儿回去，二来也好奇，想瞧瞧出铁，就挨着李大贵坐下。渣口出渣了。铁渣的红通通的熔液从炉里冲出，往上面，往四围，撒出腾空的烟雾和阵阵的火星，像一条蜿蜒奔走的红龙，经过渣沟，泻入停在出铁场下边铁路上的渣锅里。

炉口工人用一根又粗又长的铁钎子，在戳出铁口，两个结实小伙子，抡起大榔头，使劲捶打铁钎的一头。一连打了十分钟，钎子进不去，工人们又急又累，身上的汗水把帆布工作服浸得湿透了，脸上的汗珠子像雨点似的滴在脚罩上和地面上。

大家正着急，刘厂长和邓炳如带着杨子美气喘吁吁跑来了。他们先后接到了电话，慌忙从各自的办公室赶来。厂长走近出铁口，弯下腰去，看了看炉眼，又抬起头来，问杨子美道：

"怎么一回事？"

杨子美也走拢去，看了看炉眼，琢磨了一阵，才说：

"可能是耐火泥堵得不合适，炉眼旁边的铁水，挨近水箱，凝成铁块，把炉眼堵得死死的，钎子自然不顶事。"

刘厂长忙问：

"可怎么办？"

杨子美回道：

"使氧气烧烧试试看。"

工人扛来一个氧气瓶。杨子美挽起衣袖，自己动手，把氧气嘴子插进捅开了半截的炉眼里，氧气碰着烤得又干巴又结实的耐火泥，迸出绿色的晃眼的光花，烧了一会儿，杨子美又叫工人用铁钎子捅，一分钟后，炉眼打开了。值班室门外的铁条，当当地响了，炉前工人慌忙戴上帆布帽，用毛巾围着脖子，准备铁耙铁棒和水龙。炉口工人忙把氧气嘴子拉出来，细长的铁嘴，烧得通红，而且弯曲了。这时候，火红的铁水，奔腾着冲出口子。金灿灿的火花，像焰火一样，往四围直冒，有的冲一丈多高，落下来时，变成一阵一阵铁末的小雨，洒在人的头发里、肩膀上和周围的地面上。

整齐笔直的砂沟里，铁水不停不息地腾跃、冲撞和奔流。红通通的铁水上面，星星点点，浮着许多黑黑的渣子。工人们分成两拨，一拨拿着铁棒和铁耙，奔赴出铁沟的各段，去引导沟里的铁的熔液的溪流，分别灌进砂沟左右的砂模。一拨拧开自来水截门，用长长的粗大的橡皮管子，把凉水浇到砂模里的铁水上，登时发出滋滋的声响，地上冲起腾天的浓雾。方俊兰揉揉发累的眼睛，催促李大贵：

“够了，咱们该走了。”

李大贵只得跟着方俊兰，离开出铁场。走了好远，他回头一看，从出铁场里飘起的浓密的白雾，把屋顶遮没了半边。他回头一边往前走，一边含笑问方俊兰道：

“怎么样？你不高兴吗？这盘死炉算是复活了。”

方俊兰道：

“好是好，只是炉口炉前的工友太辛苦，也太危险，你看他们的工作服都烧坏了，脸上和身上，烧了许多疤。”

李大贵道：

“现在好多了。鬼子时代，有一回出铁，炉前一个工人，蒙在雾里，看不清地面，一脚踩进铁水沟，把一只脚连骨头，带皮肉都化成水了。”

方俊兰两手捂住脸，说道：

“吓死人，快别说了。”

李大贵道：

“要消灭事故，设备都要自动化才行。将来有了铸铁机，炉前炉口的工人的辛苦和危险，就会免除了。听说厂里正在赶做铸铁机。”

方俊兰发现，李大贵提起铸铁机的时候，一双大眼睛放出了充满信心的、快活的、闪亮的光芒。

三个月以后，骆驼山钢铁厂的第二高炉也已经修好，而且开炉了。李大贵、牛福山、谷德亮、赵东明、伍永和、李玉深、邹云山、张采和苑清，都在大修期间显露了自己通身的本领。杨子美担任了大修指挥部的主任，很卖力气，作风也踏实。在幸福的生活里，于松也很积极。使得李大贵满怀快慰的另外一桩事，就是他的朋友张万财也参加了党，而且是二高炉大修过程中的一个顶积极的小组长。

第二高炉开炉后的第二天，十月一日，就是毛主席庄严宣布中华人民共和国成立的伟大的日子。骆驼山钢铁厂有三个人参加了天安门前的开国盛典，一位是刘耀先，一位是邓炳如，还有一位，就是在保卫透平机、斗争特务的行动中表现了惊人的机智和勇敢的、新近被选为全厂工会副主席的英雄钳工李大贵。

回到工厂，李大贵三番五次跟伙伴们谈起典礼中给他印象深刻的许多大事和小事，其中使他最难忘的是他亲眼看见了天安门上的毛主席。观礼台上，有人告诉他，人民英雄纪念碑奠基的时候，毛主席亲自带头铲了一锨土。在闲谈中，李大贵又跟工人们说道：

“十月一日上午十时，毛主席一按电钮，一面鲜亮的五星红旗升上了瓦蓝瓦蓝的天空，看见那红旗，使我想起两桩事……”

牛福山插嘴问道：

“哪两桩事？”

李大贵道：

“一桩是赵五孩倒在雪地上，血染红了他身边的一片雪，那颜色，就是国旗的颜色。一桩是我们高炉跟前滚滚奔流的铁水，这颜色，也是国旗的颜色。看着这面旗，我们忘不了先烈，也忘不了，为了国家社会主义工业化，我们要炼很多铁。这担子落在我们肩膀上。记着！我们大家伙，一定要把党和人民交下来的这个重大的、光荣的责任，用自己的全部气力，担当起来。”

一九五二年二月写完

一九五四年八日改毕

图书在版编目（CIP）数据

铁水奔流：典藏版 / 周立波著．-- 北京：作家出版社，2024.11．-- ISBN 978-7-5212-3052-9

Ⅰ．I247.5

中国国家版本馆 CIP 数据核字第 2024MD1844 号

铁水奔流

作　　者： 周立波
策　　划： 张亚丽
责任编辑： 姬小琴
装帧设计： 棱角视觉
责任印制： 金志宏
出版发行： 作家出版社有限公司
社　　址： 北京农展馆南里 10 号　　**邮　　编：** 100125
电话传真： 86-10-65067186（发行中心）
86-10-65004079（总编室）
E-mail: zuojia@zuojia.net.cn
http: //www.zuojiachubanshe.com
印　　刷： 北京盛通印刷股份有限公司
成品尺寸： 145×210
字　　数： 163 千
印　　张： 7.25
版　　次： 2024 年 11 月第 1 版
印　　次： 2024 年 11 月第 1 次印刷
ISBN 978-7-5212-3052-9
定　　价： 48.00 元（精）

·1952—1954·
铁水奔流